Matthias Stührwoldt

Verliebt Trecker fahren

29 kurze Geschichten

Zu diesem Buch

„Spätestens seit meiner Frühpubertät empfand ich es als Makel, von einem Bauernhof zu kommen. Zuvor, in der Grundschule, hatte ich noch gedacht, dass sowieso irgendwie alle Leute Bauern sind. Onkel Kalli war Bauer, Nachbar Christoph ebenso wie die Eltern von Jens, Frank, Jörg, Christina. Die Welt meiner Grundschulzeit bestand fast nur aus Bauern."

Warum wird heute noch jemand Bauer?

Wer rackert freiwillig sieben Tage in der Woche, zehn bis zwölf Stunden am Tag, und häufig auch noch in der Nacht, und ist dabei glücklich?

Matthias Stührwoldt schafft es in seinen Geschichten das Alltagsleben auf dem Land mit viel Charme und in eindrucksvollen Bildern vor dem inneren Auge lebendig werden zu lassen.

Wenn dem Leser das Landleben vertraut ist, fühlt er sich sofort an eigene Erlebnisse erinnert. Für diejenigen, die das Leben auf dem Bauernhof nicht kennen, sind die Erzählungen so plastisch, das sie mit großem Vergnügen in das Geschehen eintauchen können.

Dabei haben diese Geschichten nichts mit den üblichen Vor-Urteilen über das Landleben zu tun. Auch der Bauer kämpft heute mit der Bedienungsanleitung eines Handys, oder ärgert sich über Vertreter, die er nicht los wird.

Ob in Kindheitserinnerungen, die erste Jugendliebe, oder der ganz alltägliche Wahnsinn, jede Geschichte wird mit viel persönlichem Witz erzählt.

Bei allen wirtschaftlichen Problemen, die es heute auf den Höfen gibt, zeigt er in seinen Geschichten, mit großer Leichtigkeit, warum sich die Arbeit auf dem Land trotzdem lohnt.

Inhalt

Wie ich lieben lernte, Bauer zu sein 7

Einmal Hölle und zurück 12

Mit dem Alten bei den Ökos 29

Ferkelkastrieren mit der Putenschlächterin 34

Werbepause 39

Ein Mähdrescher zu Weihnachten 43

Das Urteil 47

Der Stührburgring 54

Verliebt Trecker fahren 58

Bescherung mit Hindernissen 63

Wie King Kacke zu einem besseren Menschen wurde 67

Das fliehende Rind 74

Werbepause: Mein Freund der Baum 85

Gerda und Jacob 89

Eine Liebesgeschichte 96

Zwischen Bullerbü und Bronx 99

Die Rehabilitation des Maises 105

Das Duell 110

Camus und ich 113

Fendt Wendt und der Koffer 117

Das Drama der Deadline 122

Schlachter Gandhi 127

Bäuerliche Badezimmer 130

Besuch vom Fernsehen 133

Helden der Arbeit balzen im Regen 141

Henni im Moor 146

Ein stinknormaler Samstagnachmittag 151

Gebt den Bullen Namen! 159

„Weiße Weihnacht, Tannenbaum und Zuckerei“ 163

Glossar 173

Für Birte. Die Liebste.

Und für alle,
die einen festen Platz
in meinem Herzen haben.

Vielen Dank an
meine Schwiegermutter,
die gute Tippfee.

Matthias

Wie ich lieben lernte, Bauer zu sein

Spätestens in meiner Frühpubertät empfand ich es als Makel, von einem Bauernhof zu kommen. Zuvor, in der Grundschule, hatte ich noch gedacht, dass sowieso irgendwie alle Leute Bauern sind. Onkel Kalli war Bauer, Nachbar Christoph ebenso wie die Eltern von Jens, Frank, Jörg, Christina. Die Welt meiner Grundschulzeit bestand fast nur aus Bauern.

Später, in besagter Frühpubertät, hatten alle Kids in meinem Alter endlos Zeit, am See oder in Bushaltestellen herumzulungern. Dann, wenn die anderen zum See kamen, war Futterzeit, und ich musste zu Hause helfen, was ich hasste, vor allem, weil ich weniger mit den Mädels zusammensein konnte. War ich am späten Nachmittag wieder zurück am See, dann war die ganze Bande schon wieder weg. Bauernpech. Ich war peinlich darauf bedacht, nicht nach Kuh zu riechen und empfand alle anderen Bauergören als unerträgliche Trampel.

Dann plötzlich – ich war siebzehn – stand ich in einer Buchhandlung, um ein Buch für einen Deutschkurs zu kaufen. Ich verknallte mich ratz-fatz in das Mädchen hinter der Kasse. Sie hieß Frida und lernte Buchhändlerin.

Von nun an tat ich ein halbes Jahr so, als könne ich lesen. Ich trug mein ganzes Taschengeld und das von Mutter geklaute Eiergeld in die Buchhandlung – nur um sie zu sehen.

Irgendwann hatte sie ein Einsehen. Vielleicht war es Mitleid, ich weiß es nicht. Sie sprach mich an und wir gingen zusammen Kaffee trinken. Ich war im siebten Himmel und lud sie ein, mit mir auf die Party meines Freundes Hans-Ulrich zu kommen. Und sie sagte zu! Schon am Nachmittag zuvor kam sie mich besuchen. Sie war an allen landwirtschaftlichen Dingen sehr interessiert, und ich hatte doch keine Ahnung davon. Gut, ich konnte etwas Trecker fahren, und ich wusste, dass die Mastbullen zwei Eimer Schrot und zwei Ballen Stroh bekamen, aber da war mein Wissen auch schon am Ende. Doch selbst das machte Eindruck bei Frida, und so spielte ich den landwirtschaftlichen Führer über unseren Hof. Ich zeigte ihr mein altes Treckerquartett („Der große Schlüter ist der Beste, guck mal, der zieht 'nen 10-Schar-Pflug!"), meine Abgestoßene-Hörner-Sammlung und die einst vom Nachbarn geklauten, auf meinen Namen umgefälschten Jungzüchterurkunden.

Später gingen wir zusammen Kühe holen. Wie zufällig kamen wir an den schönsten Winkeln unserer Koppeln vorbei und genossen zwischendurch die Aussicht übers Moor. Vor Übermut jodelte ich, als ich die Kühe trieb, und sie sagte mir: „Also, als du da eben im Gegenlicht standest, neben den Kühen, das sah cool aus!"

Ach, wie gerne hörte ich das und reckte heldenhaft meinen Unterkiefer vor, um ein bisschen wie Lucky Luke auszusehen, so drahtig und hager, was bei meiner feisten Fresse schon damals ein Kunststück war.

Abends ging es dann auf die Party. Hans-Ulrich lebte auf einem Gutshof. Der war nicht weit von unserer Schule entfernt, und in kurzfristig oder sehr kurzfristig ausgefallenen Schulstunden waren wir oft dorthin gefahren, um im feudalen Speisesaal des Herrenhauses erlesene Konfitüren zu frühstücken. Besonderen Spaß machte es immer, Hans-Ulrichs Oma zu erschrecken. Die war eine elegante Gutsdame fortgeschrittenen Alters, und wenn wir Langhaarigen mit unseren Mopeds kamen, stürzte sie die Treppen hinauf in ihren Salon und schrie: „Hilfe, das Proletariat will mich fressen!“

Die Party sollte in der Scheune stattfinden. Auf dem Gutshof gab es aber keine Viecher mehr und also auch kein Stroh. Deshalb sollte ich zum Sitzen einen Hänger voller Strohballen mitbringen.

Frida und ich fuhren mit unserem damals funkelniegelnagelneuen Fendt – es war Mitte der 80er Jahre, unser Hof war gerade erst buchführungspflichtig geworden – und einem Gitterwagen los, um der feierlichen gutsherrschaftlichen Gesellschaft etwas bäuerliches Ambiente zu verschaffen.

Es war ein lauer Sommerabend, und es wurde eine der berauschendsten Nächte meines Lebens. Wir aßen, wir tranken, wir klönten, lachten, tanzten. Wir lagen unter dem weiten Abendhimmel, philosophierten stundenlang sinnloses Zeug zusammen und kicherten dabei, als seien wir bekifft.

Später machten Frida und ich einen Spaziergang. Auf den nahegelegenen Bahnschienen sanken wir nieder und küssten uns. Sie mag das für die wildeste aller Leidenschaften gehalten haben – ich jedoch meinte zu wissen, dass diese Strecke gerade stillgelegt worden war. Wie ich erst später feststellen musste, war das ein Irrtum. Wir befanden uns nämlich nicht, wie ich dachte, auf der stillgelegten Strecke Ascheberg – Neumünster, sondern noch vor der Abzweigung Richtung Neumünster und somit auf der Strecke von Plön nach Kiel, die Teil der durchaus vielbefahrenen Route Lübeck – Kiel war. Reines Glück, dass wir nicht gevierteilt wurden – und meine extravagante Aufreißermasche war in Wirklichkeit ganz unerträgliche Blödheit. Außerdem wird mir noch heute schlecht, wenn ich an die schlimmen Totalherbizide denke, mit denen die Gleisanlagen der Bahn damals behandelt wurden. Wahrscheinlich bin ich bis ans Ende meiner Tage kontaminiert; auf mir wächst kein Gras und kein Kraut mehr. Wäre nicht uninteressant, das zu testen, wenn ich dereinst hinterm Knick zu liegen komme.

Wie dem auch sei, Frida und ich waren lange unterwegs. Als wir zurückkamen, schlief die Party schon.

Wir schmissen noch ein paar Strohballen zurück auf den Hänger und fuhren im Morgengrauen unter dem sich rötenden Himmel zu mir. Zuhause angekommen, gingen wir nicht etwa ins Bett – wir kletterten auf den Hänger. Wir legten uns ins Stroh, nicht schlafen. Frida sank in meine Arme und seufzte: „Ach, dein Fendt ist soo stark!“ Und obwohl es frisches Gerstenstroh war, piekste es kein bisschen.

Es war das erste Mal, für mich zumindest. Es war nicht kalt, aber ich zitterte, stotterte, stammelte und konnte all das gar nicht glauben. Irgendwo quakte ein Frosch, irgendwelche Piepmätze sangen ihr Lied, dann schliefen wir ein.

Frida – wo auch immer sie sein mag, ich hoffe, es geht ihr gut. Sie zeigte mir, wie schön es ist, Bauer zu sein. Und wir gut es sein kann, immer einen Hänger mit Stroh dabei zu haben.

Einmal Hölle und zurück

(Meine Lehrzeit bei Schäper in Hechthude)

Als ich in die Lehre kam, da war ich jung. Noch viel jünger war ich, als ich noch zur Schule ging und mir für meine Lehrzeit eine Stelle besorgen sollte. Ich sollte und wollte Landwirt lernen, das war irgendwie abgemacht. Zwar sagten meine Eltern mir wieder und wieder, dass weder mein Bruder noch ich den Hof übernehmen müssten, wir seien frei in unserer Berufswahl – aber mein Bruder hatte schon einen anderen Beruf, und ich wusste, dass es meinen Eltern das Herz gebrochen hätte, wenn ich mich für ein brotloses Germanistik- und Philosophiestudium entschieden hätte, wie ich es mir in der freigeistigen, schulschwänzerischen Oberstufenzeit erträumt hatte – gemeinsam mit hübschen Kommilitoninnen auf dem Campusrasen liegen und überlegen, was man abends so macht, war eine durchaus verführerische Vorstellung gewesen. Dennoch verhielt ich mich pflichtbewusst und sagte: „Ja, ich will Bauer werden." Und schon in den letzten Tagen der Schulzeit liebte ich es, mich an intensiven Gelehrtengesprächen der angehenden Studenten der tollsten Fachrichtungen zu beteiligen, indem ich sagte: „Güllefahren ist auch geil! Ich bin und bleibe Bauersmann!“ Wobei ich gar nicht wusste, wie Güllefahren ist, weil wir nur Festmist hatten, und die Jauche lief in den Graben hinterm Haus. Na ja, Schleswig-Holstein war gerade erst der EU beigetreten, da waren die Umweltauflagen noch nicht so streng, aber schon damals liebte ich den Stabreim und sagte also Dinge wie eben „Güllefahren ist geil!“ oder „Scheißefahren schockt!“ oder so.

Dem Rat meiner Eltern folgend, bemühte ich mich schon recht früh um eine Lehrstelle. Ein entfernter Verwandter meines Vaters – Onkel Hans – war reisender Hufschmied und Klauenpfleger. Er kam weit herum und kannte viele Bauern, darunter auch viele Ausbildungsbetriebe. Außerdem war er als junger Mann im Krieg gewesen und hatte in irgendeiner Veterinäreinheit als Huf- und Hornheiner gedient, begeistert gedient – ein Umstand, der mich hätte stutzig machen müssen.

Schon, wenn ich Onkel Hans auf unserem Hof beim Klauenschneiden zur Hand ging, erschreckten mich seine laut gebellten Anweisungen. Tatsächlich war er ein alter strammer Militarist, der mich angesichts meiner wachsenden Haarpracht ins andere Lager abgleiten sah. Also sagte er mir auf die Frage, ob er mir einen Lehrbetrieb empfehlen könne: „Geh zu Schäper in Hechthude, das ist als wie beim Barras!“

Nun war ich als angehender Kriegsdienstverweigerer nicht gerade bewandert in der Sprache des Militärs. Den Ausdruck „Barras“ kannte ich nicht. Ich kannte nur die Kneipe „Beim Barras“, die in Kiel dicht bei der Kaserne war und das billigste Bier weit und breit verkaufte. So schlecht, dachte ich also, kann es beim Barras nicht sein.

Ich griff den Hörer und rief bei Schäper in Hechthude an, um einen Vorstellungstermin zu vereinbaren. Als es soweit war, kamen meine Eltern mit. Sie wollten mich die weite Strecke nicht alleine mit dem Moped fahren lassen. Ich war beim Frisör gewesen und hatte mir sogar die Haare gekämmt. Wie froh war ich, in diesem Zustand keinen meiner Freunde zu treffen! Ich wäre vor Scham im Boden versunken. Außerdem kam ich mir leicht bekloppt vor, weil ich zwar wieder kurze Haare hatte, mir aber das stereotype Kopfschütteln, mit dem ich mir zuvor immer die Haare aus der Stirn geschüttelt hatte, noch nicht hatte abgewöhnen können. So saß ich als irr zuckender, brav zurechtgemachter, ja grotesk verkleideter kleiner Junge auf der Rückbank des elterlichen Golfs und verfluchte den Tag, als wir nach Hechthude fuhren. Eigentlich war mir alles egal – es sollte nur alles aufhören, vor allem das Kratzen des Kragens.

In Hechthude trafen wir auf Bauer Schäper. Er war kein Bauer, das weiß ich heute. In blitzsauberen Klamotten, mit glänzenden Stiefeln kam er um die Ecke, als wir auf seinem Hof standen. Er reichte uns sein gepflegtes, glattes Patschehändchen zum Gruß. Das alles war seltsam, doch damals fiel es mir nicht auf. Noch heute sehe ich nach einer halben Stunde Arbeit auf dem Hof aus wie ein Schwein nach der Suhle, und meine Pranken sind so rau, dass die Liebste mich oft zur Pediküre missbraucht. Dann komm ich schnell und streichle ihre Füße- zack, ist die Hornhaut weg! Ich glaube, ein ähnlicher Zustand der Handepidermis ist bei Bauern normal. Bei Schäper nicht. Zum Dreckigmachen hielt er sich nämlich Angestellte und vor allem Lehrlinge. Ansonsten war er bei der ersten Begegnung gar nicht mal unsympathisch. Ich bemerkte an ihm einen wohltuenden Zynismus und einen angenehm fiesen schwarzen Humor. Wie ich später feststellen musste, wurzelte dieser Zynismus jedoch nicht dort, wo er sympathisch ist – im Weltschmerz, im Pessimismus, in Hoffnungslosigkeit etwa – nein, sondern allein in bloßer Menschenverachtung. Schäper war ein Ekel. Doch damals, als kopfzuckender halbstarker Wegwoller, merkte ich das nicht.

Ich bekam die Stelle auf dem großen Hof. Zweihundertzwanzig Hektar, Ackerbau, Grünland, Milchkühe, Mastschweine, Trocknungsanlage. Von allem etwas. Und außerdem ein Altbauer, der Vorsitzender eines bedeutenden Rinderzuchtverbandes war. Ich sollte gleich zwei Jahre bleiben; man versprach mir eine umfassende Allroundausbildung. Schäper reichte mit das Patschehändchen zum Handschlag, ich schlug ein. Ich bin mir sicher – er grinste dabei fies. Am 15. Juli meines Schulabgangsjahres sollte ich anfangen. Erleichtert setzte ich mich in den Golf meiner Eltern; beim Imbiss gab mein Vater zur Feier des Tages Currywurst und Pommes aus, und ich ließ die Haare wieder wachsen. Endlich konnte ich mich wieder den wirklich wichtigen Dingen des Lebens zuwenden. Schäper in Hechthude war erst später dran, viel später.

Doch der Tag kam näher. Irgendwann war die Schule vorbei, dann machte ich ein paar Wochen Urlaub – und dann meinte meine Mutter schon, sie müsse mich zum

Landmarkt schicken. Arbeitsschuhe, Arbeitshosen und karierte Arbeitshemden kaufen. Arbeitssocken und Arbeitshandschuhe nicht zu vergessen. Ich wunderte mich nur, dass es keine Arbeitsunterhosen gab.

Dann war es soweit. Als ich mich von meiner Freundin verabschiedete, kam ich mir vor, als müsse ich in den Knast. Am späten Vormittag kam ich in Hechthude an. Meine Haare hatte ich diesmal nicht schneiden lassen; ich hatte die Stelle ja schon. Schäper kam und fragte: „Hey, kannst du mich sehen? Wo ist bei dir vorn und wo hinten?“ – „Vorne ist, wo es bellt!“, rief ich trotzig und bekam meinen ersten fiesen Blick von Schäper. Trotzdem durfte ich meine Kammer beziehen, gleich neben meinem Mithäftling. Schäper sagte: „Wir fangen ruhig an. Ich zeige euch den Hof.“ Er lud uns hinten in seinen Geländewagen und fuhr mit uns herum. Der Kuhstall lag außerhalb des Dorfes. Ein Riesenteil. Als wir dort ankamen, trieben sich dort zwei Jungs herum. Ich wollte gerade Hallo sagen, weil ich von zu Hause wusste, dass so Treckerjungs durchaus hilfreich sein können, da nahm Schäper einen Stein und warf nach ihnen. „Verpisst euch!“ schrie er und lachte. Richtig nett der Typ, dachte ich.

Schäper hatte damals einhundertundachtzig Kühe. Wir Lehrlinge hatten abwechselnd Stalldienst; wir mussten füttern. Zum Melken gab es einen Melker, den er uns jetzt vorstellte, einen kleinen, mehrfach kriegsversehrten Mann mit Namen Dunse. Er hatte ein steifes Bein, war schwerhörig und sprach eine unverständliche Sprache. Schäper sagte, gemolken habe er noch nie, seit er lebe, sei Dunse da. Nur einmal habe er fast melken müssen. Es war Wochenende gewesen und Dunse unauffindbar, obwohl er eigentlich Stalldienst hatte. Und der Landarbeiter, der ihn sonst am Wochenende mal vertrete, war auf einer Silberhochzeit. Also habe Schäper melken wollen, aber als er den Milchschlauch in den Milchtank hängen wollte, habe er ein klägliches Jammern gehört. Dunse war zum Eckenputzen in den gigantischen Milchtank geklettert, war darin gestürzt und hatte sich sein gesundes Bein verstaucht, so dass er nicht mehr aufstehen konnte. Schäper hatte ihm rausgeholfen und ihn in den Melkstand gestellt und so habe er, Schäper, doch nicht melken müssen. „Das war knapp!“ sagte er, und: „So ‘ne Leiche in der Milch zieht bestimmt auch die Keime ordentlich hoch!“ Und er lachte und klopfte Dunse auf die Schulter, der nicht verstand, aber mitlachte.

Die Flächen des Hofes lagen weit verstreut im Umkreis von 60 km. Wir fuhren herum. Schäper fragte, wie groß unser Hof sei. Sechzig Hektar, vierzig Kühe, sagte ich. „Das ist die Größe, die ich jedes Jahr dazupachten muss. An deiner Stelle würde ich mir das noch mal überlegen, auf so einer kleinen Klitsche anzufangen. Vielleicht kommen wir ja mal ins Geschäft.“ Das sagte er mir, und es war immer noch mein erster Arbeitstag bei ihm. „Morgen geht es richtig los!“ sagte er: „Wir machen Beton.“

An seinen Laufstall wollte Schäper zwei große Fahrsilos bauen, 2000 m² Betonfläche. Wozu Transportbeton, wenn man zwei Lehrlinge hat? Ein Berg Kies, endlose Paletten Zementsäcke und ein Wasserschlauch standen bereit; der Landarbeiter fuhr den Trecker mit dem Zwangsmischer. Drei Wochen lang machten wir täglich Beton, von morgens bis abends. Mein Mithäftling half dem Maurer beim Betonschippen, ich war für das Einmischen des Zements und das Zukippen der Wassereimer zuständig, wobei ich nach dem dritten Tag merkte, wie sehr der ständige Kontakt zu Wasser und Zement meine Finger verkürzte. Als die Silos fertig waren, konnte ich mit den winzigen Stumpen am Ende meiner Handflächen nicht mal mehr in der Nase bohren. „Jammer nicht! Es kommt auf die richtige Pflege an!“ sagte Schäper und zeigte mir zum Beweis seine Patschehändchen. Zum ersten Mal hasste ich ihn. Irgendwie wuchsen meine Finger nach, später.

Eines Abends, ich hatte schon geschlafen, hämmerte der Altbauer an meine Kammertür. Sein Sohn sei nicht da, aber eine Starke habe gekalbt, die man jetzt von der Weide holen müsse. Bislang hatte der Altbauer noch nicht mit mir geredet, er hatte sich darauf beschränkt, mal wichtig über den Hof zu laufen. Jetzt saß er auf dem Trecker neben mir und quatschte mich voll, dann wieder verhörte er mich. Welche Milchleistung wir hätten, welche Bullen wir einsetzten, wollte er wissen. So sechstausend Liter, sagte ich, und wir haben einen eigenen Bullen. Er starrte mich an, als käme ich aus einem fernen Jahrhundert in grauer Vorzeit, und schrie hysterisch: „Aber es muss doch weitergehen!“ Dabei sabberte er mir auf die Schulter. Es ekelte mich ein wenig, und ich dachte daran, dass er ein regional durchaus prominenter Bauer war und hochangesehen! Erst neulich hatte ich ihn im schleswig-holsteinischen Wochenblatt gemeinsam mit dem fettköpfigen Bauernverbandspräsidenten auf einem Foto gesehen; im Text darunter stand etwas von ihren gemeinsamen Jagdausflügen, bei denen schon mal einem Treiber mit SPD-Parteibuch versehentlich ein Ohr abgeschossen wurde. Und jetzt saß er hier und speichelte auf meine Schulter. Schon komisch.

Wir kamen auf der Weide an. Dutzende wilder Starken liefen herum. Eine hatte gekalbt. Das Kalb fingen wir schnell und banden es auf dem Hänger an. Die Mutter aber dachte gar nicht daran, hinterher zu gehen. Sie guckte einmal auf den Hänger, dachte vielleicht, hey, klasse Babyklappe, obwohl es diesen Ausdruck damals noch nicht gab, und rannte wieder zu den anderen. Wir versuchten, sie in die Enge zu treiben. Sie rannten davon, wieder und wieder. Dann kam der Alte auf einen gewieften Trick. Er hockte sich auf den Hänger und imitierte einen kläglichen Kälberruf, wieder und wieder. Mäh! Mäh! Offensichtlich wollte er auf diese Weise die Starke anlocken.

Eben noch hatte er mir Vorträge über Embryotransfer und Hochleistungssperma gehalten, dann sabberte er und jetzt jammerte er kläglich. Ich glaubte, Zeuge einer rasanten Turbovergreisung zu sein; dann wieder meinte ich, irgendeinem bislang unbekannten ostholsteinischen kultischen Ritus beizuwohnen, einer Art Heiligenbeschwörung, und ich stellte mir vor, wie der alte Schäper und der Dicke vom Bauernverband sich zur Jagd treffen und sich danach nachts zum heiligen Jammern in den Viehwagen zurückziehen, um sich schlussendlich das rohe Fleisch eines Sozis zum heiligen Mahl zu teilen. So dachte ich, und der alte Schäper saß und klagte: „Mäh! Mäh!“ und ich schwöre, die Starken standen in der Ecke der Weide und lachten sich kaputt. Wir kriegten sie nie.

Am nächsten Tag war Berufsschule in Neuenburg, zum ersten Mal. Ich freute mich darauf, war gespannt auf die anderen. Ich wurde bitter enttäuscht. 20 junge Kerle und nur eine Frau, die allerdings aussah wie eine sowjetische Kugelstoßerin, mit wenig Busen, aber viel Bizeps und Bart, so als hätte sie zuviel vom Schweinemastfutter genascht. Der Lehrer kam rein; ich glaube, er hieß Dr. Spatz. Er fragte beiläufig, in ganz normalem Ton: „Wer hat hier Abitur?“ Ich meldete mich, dann blickte ich mich um. Ich war der Einzige. Sofort wusste ich, dass ich einen Fehler gemacht hatte. Und schon begann Dr. Spatz, der ja wohl auch Abitur haben musste, eine Rede zu halten. Es stellte sich heraus, dass er Abiturienten hasste, insbesondere jene mit üppigem Haarwuchs, hatte er selbst doch eine blanke Glatze. Er brüllte in der Klasse herum, mit dem Finger auf mich zeigend: „Und wenn euch jemals irgendein besonders schlauer langhaariger grüner Abiturient etwas erzählen will, glaubt ihm nicht. Er ist zu nichts nutze. Er kann nichts mit seinen Händen! Er wird zu blöde sein, einen Nagel in eine Klappe Stroh zu schlagen. Manche werden“, und er war zu mir gekommen und sein Finger drückte mir eine Delle in die Nase, „manche werden so blöd und so langhaarig sein, dass sie mit dem Hammer weder den Nagel noch die Strohklappe treffen werden!“ Die Mitschüler, die eben noch arglos aus der Wäsche geguckt hatten, fixierten mich mit ihren finstersten Blicken, manche hatten Schaum vor dem Mund. Doch Dr. Spatz war noch nicht am Ende. Er schrie: „Wenn ihr einen seht, so solltet ihr nicht warten, was passiert. Verpasst ihm eine Abreibung! Güllt und federt ihn!" Mehrere sprangen auf, die Kugelstoßerin ließ ihre Bizeps spielen. „Halt!" rief Dr. Spatz, „nicht jetzt, nicht im Unterricht. In der Pause!" Ich schaute auf die Uhr. Noch zehn Minuten.

Ich meldete mich. Spatz nahm mich dran: „Na, Klugscheißer, was gibt's?" Ich fing an zu stammeln: Das mit dem Abi sei nur ein Scherz gewesen, tatsächlich habe ich nach der achten Klasse ohne Abschluss von der Hauptschule abgehen müssen, auch die Führerscheinprüfung habe ich nicht geschafft und fahre seit Jahren schwarz und dergleichen Unsinn mehr. Niemand glaubte mir. Dr. Spatz schrie: „Warte nur, Gammler, gleich bist du dran!"

Ich zitterte. Erst einmal zuvor hatte ich das Gefühl gehabt, mich in einem Klassenkampf zu befinden, aber die Wahrnehmung, innerhalb eines Klassenkampfes auf der falschen Seite zu stehen – die war neu.

Eine zuvor unbekannte Panik erfasste mich. Ich war kurz davor, mir vor Angst in die Hosen zu machen.

Hinter mir lachten und feixten sie. Einer sagte: „Wir könnten auch einen Borg aus ihm machen!" Ein anderer holte grinsend sein stumpfes Messer raus und spielte damit. Es sah aus, als seien mit ihm schon Hunderte kranker Schweine abgestochen worden. Schweiß brach mir aus. Ich sprang auf und lief, nein rannte zum Sekretariat. Ich flehte den Schuldirektor an, in einer anderen Klasse, in einem anderen Kreis zur Berufsschule gehen zu dürfen. Er fragte mich nach dem Grund. Ich sagte: „Ich will dort politisches, nein eigentlich frisurisches Asyl beantragen."

Er blickte auf und sah meine Haarpracht. „Hatte Spatz wieder seinen Anfall?“ – „Kann man wohl so sagen. Die Leute in der Klasse wollen mich güllen und federn.“ – „Genehmigt, ich rufe in Plön an. Viel Glück!“ Ich lief hinaus und fuhr davon, glücklich, mit dem Leben davon gekommen zu sein. In Plön war es dann besser, in Plön war es schön.

Zurück in Hechthude sollte ich Gülle fahren, zum ersten Mal in meinem Leben. Schäper zeigte mir den Güllewagen und wies mich kurz in dessen Benutzung und in die Bedienung der Güllepumpe ein, dann zeigte er mir, wohin die Gülle sollte. Abschließend schrie er: „Sieh zu, dass du was schaffst! Achte auf das Streubild! Schneid’ dir die Haare!“ Und er ging ins Haus, Patschehändchen pflegen.

Vorher hatte ich nur Festmist gekannt. Jetzt sollte ich also Gülle fahren und noch dazu ein Streubild erschaffen, dabei kannte ich nicht einmal Schäpers Geschmack, und ich war nicht sicher, ob ich einen röhrenden Hirsch ausstreuen konnte. Ich überlegte, ob Schäper wohl eine freie Beuys-Variation gefallen könnte – Acker mit Gülle-Ecke – doch dann entschied ich mich für eine ganzflächige Ausbringung, für ein gleichmäßiges, monochromes, stinkendes Bildnis in der trostlosen ostholsteinischen Agrarsteppe.

Wagen für Wagen fuhr ich raus. Es stank mehr und mehr; ich konnte zufrieden sein. Stolz fuhr ich durchs Dorf, wieder und wieder. Am Abend – es dämmerte bereits – musste ich nur noch einen Wagen auf das Vorgewende fahren, dann wäre der Acker fertig gewesen. Ich stand neben dem Schalter der Güllepumpe, unterhalb des Gülleauslaufrohres zur Obenbefüllung des Güllewagens mit Gülle. Ein letzter

Wagen noch. Ich drückte auf den Knopf. Das braune Gold rauschte aus dem Rohr und platschte auf das Schott des Güllewagens, das ich zu öffnen vergessen hatte. Ich stand im braunen Regen. Die Gülle sprang mich an wie Nachbars spitzer Köter, doch sie war nicht nur an meinem Bein, sie war überall. Mit anderen Worten: Ich wurde getauft, und das nicht zu knapp.

Die wenigen Sekunden, die ich brauchte, um den Güllestrom abzuschalten, reichten aus. Ich blickte an mir herab. Ich sah aus wie ein Geist, ein Güllegeist, soeben den Tiefen des Güllepotts entstiegen, um Angst und Schrecken zu verbreiten. Würde ich jemals wieder normal aussehen und normal riechen? War ich neulich noch den aufgehetzten Klassenkameraden entkommen – jetzt hatte ich mich selbst gegüllt. Fehlten nur noch die Federn...

Ich spülte mich notdürftig ab, dann den Güllewagen und die Güllepumpe. Schließlich schob ich mit einem Mistschieber die Gülle in die Vorgrube.

Nach einer guten halben Stunde waren die Spuren meines Missgeschicks beseitigt. Ich wollte nur noch den einen Wagen rausfahren. Ich schaltete die Güllepumpe an – und hatte das Schott immer noch nicht geöffnet. Das Spiel wiederholte sich also; ich heulte vor Wut und Entsetzen und schwor mir, Festmist-Bauer zu bleiben, während ich intensiv vor mich hin stank.

Irgendwann hatte ich alles wieder sauber. Nur meine Klamotten waren nicht zu retten. Unterhose, Socken und Arbeitsschuhe behielt ich an, den Rest schmiss ich in den Knick. Dann öffnete ich das Schott, befüllte den Wagen und vollendete mein Güllebild mit einer halbnackten Mondlichtperformance.

Später duschte ich drei Stunden und rieb mich gegen den Gestank mit Zahnpasta ein. Half natürlich alles nichts; es sollte einige Wochen dauern, bis ich wieder Mensch war und kein Güllegeist.

Als es soweit war, war wieder Berufsschule. Das war immer lustig dort. In der Plöner Berufsschule gab es echte Frauen, nicht bloß sowjetische Kugelstoßerinnen. Eine hieß Christine und kam aus einer großen Stadt. Wir mochten uns sofort. Sie trug eine kleine Nickelbrille und hatte langes, struppiges Haar, das nach einer verwegenen Mischung aus Meeresluft und Kuhstall roch. Wenn sie es schüttelte, konnte ich außerdem Wiesenblüten schnuppern und frisches Silo, 1. Schnitt, Südhang, während der Timoteiblüte, im Morgentau gemäht. Allein schon in ihren Geruch verknallte ich mich, sofort, als ich zum ersten Mal neben ihr stand.

Schon am ersten gemeinsamen Berufsschultag schwänzten wir zusammen eine Stunde Landtechnik und spazierten im Regen die Plöner Prinzeninsel entlang. Die Insel hatte nämlich noch was bei mir gutzumachen. Bisher hatte ich nur schlechte Erinnerungen an sie, erstens, weil sie Schauplatz der alljährlichen Waldläufe des Plöner Gymnasiums waren, wobei die Sportlehrer auf dem Fahrrad neben uns herfuhren und aufpassten, dass wir das Eiland auch ganz umrundeten und nicht auf halber Strecke umkehrten, zweitens, weil ich hier im zarten Alter von dreizehn Jahren mit meiner allerersten Freundin nach Schulschluss einen langen Spaziergang gemacht hatte. Vorher hatte ich sie gefragt, ob sie mit mir gehen wolle, und sie hatte ja gesagt. So gingen wir Hand in Hand die Prinzeninsel entlang, und ich sagte schwachsinnige Sätze wie: „Schönes Wetter heute, was?“. Als ich zum Bus musste, nahm ich all meinen Mut zusammen und küsste sie auf die Wange. Sie schrie: „Mach das nie wieder!“ und gab mir eine Ohrfeige. So hatte sie nach anderthalb Stunden schon wieder mit mir Schluss gemacht. Bis heute übrigens meine mit Abstand kürzeste Beziehung...

Aber diesmal, sechs Jahre danach, lief es besser. Als Christine und ich später ziemlich nassgeregnet in der nächsten Unterrichtsstunde in den Klassenraum kamen, fragte der Lehrer: „Christine, ist Matthias Ihr Freund?“ Und sie antwortete, mit einem strahlenden Lächeln auf den Lippen: „Ach, wissen Sie, Herr Fister, wir sind doch alle Freunde!“ Das stimmte zwar nicht, klang aber gut. Noch an jenem Tag küssten wir uns zum ersten Mal. Vorher aber wurde unplanmäßig eine Stunde Landtechnik statt Fachkunde angesetzt. Wir schrieben einen Test über den Inhalt der versäumten Stunde und versagten grandios.

Einige Tage später besuchte sie mich. Unter den Augen Schäpers nahm ich sie mit hoch auf mein Zimmer. Nun ja, zwar hatte sie einen Freund in Frankfurt, aber der war weit weg. Und auch ich hatte eine Freundin, die zwar weit weniger weit weg war, aber immerhin war sie nicht da. Irgendwann am späten Abend sanken wir einander in die Arme und küssten und kosten uns. Ich wunderte mich noch, dass ich mit meinen gefühllosen, zaghaft nachwachsenden Fingerstumpen zärtlich sein konnte, bevor wir – müde wie wir waren – eng umschlungen in den Schlaf sanken. Morgens um vier stand sie dann auf, weil sie um fünf melken musste. Und ich war vielleicht verliebt.

Genauso muss ich auch ausgesehen haben, als ich um halb sieben mit Ehepaar Schäper am Frühstückstisch saß. Er druckste etwas verlegen herum und faselte etwas wie: „Ich komm in Teufels Küche." Und dann sagte er: „Heute ist Boxenmisten angesagt. Du bist doch so'n kleiner Öko, und überschüssige Kraft hast du scheinbar auch noch. Also schonen wir heute die Umwelt und den Bobcat. Du weißt ja, wo die Schubkarre und die Forke stehen. Du fängst gleich an. Aber vorher hat meine Frau noch mit dir zu reden." Und er ging ab, leise grinsend, zur Maniküre.

Frau Schäper guckte mir ernst und ruhig in die Augen. „Matthias, wie alt bist du jetzt?" – „Neunzehn", sagte ich. „Und das Mädchen, das heute nacht bei dir geschlafen hat?" – „Auch neunzehn." – „Weißt du, Matthias, irgendwann kommt ein Tag, an dem ist zwischen Junge und Mädchen nichts mehr wie vorher. Plötzlich ist alles anders." – „Ach ja?" – „Ja. Weißt du, Matthias," und sie legte ihre Hand auf meinen Arm, „der Besamungstechniker in dem grauen Kittel besucht unsere Kühe nicht nur so zum Spaß." – „Ach nein?" – „Nein," sagte sie, „er schenkt ihnen etwas." – „Ach ja?" – Ich stellte mich doof. Solange ich bei ihr saß, musste ich nicht Boxen misten. Am Ende des Vormittags tat ich so, als wüsste ich einigermaßen Bescheid. Trotzdem durfte ich keinen Damenbesuch mehr empfangen und Christine keinen Herrenbesuch. Zwar mussten wir uns nicht mehr in Bushaltestellen treffen, aber albern war es allemal.

Es kam die Erntezeit. Es war das Jahr 1987. Ein sehr nasser Sommer. Schäper hatte 120 ha Ackerland. 20 ha Zuckerrüben, 10 ha Raps, 90 ha Weizen. Am 5. September begannen wir mit der Weizenernte; wir droschen mit 26 % Feuchtigkeit. Ich musste Korn fahren und die Trocknung betreuen. Die Trocknungs- und Lagerungsanlagen datierten jedoch noch aus den 60er Jahren und waren nicht geeignet für derart nasses Getreide. Ständig verstopften die Elevatoren, und ich musste in irgendwelchen Ecken herumkriechen und Körner schippen. Das ging vier Wochen so; ich arbeitete von morgens um sieben bis nachts um halb drei. Einmal kam ich fünf Minuten zu spät raus. Schäper hielt mir eine Standpauke. Da wusste ich, dass er sich bald einen neuen Lehrling würde suchen müssen. Dreimal in Folge hatte ich nicht zur Berufsschule gehen dürfen, drei lange Wochen hatte ich Christine nicht gesehen. In der vierten Woche dann sagte ich zu Schäper, ich würde heute zur Berufsschule gehen. Er sagte: „Das tust du nicht.“ Doch ich fuhr. Als ich am Nachmittag zurückkam, stand die Trocknung still. Schäper hatte Korn in die Gosse gefahren und einen Hochsilo überlaufen lassen. Tonnenweise lag Weizen herum, wo er nicht hingehörte. Ich ging zu Schäper. Er lag im Wohnzimmer auf dem Sofa. „Tja, dann musst du wohl schippen!“ sagte er. „Heute noch,“ sagte ich, „heute abend bin ich weg!“ Und ich ging hinaus. Schäper hatte ein Einsehen und bestellte einen Saugwagen, um das Korn aufzusaugen und wieder in die Gosse zu blasen. Ich hielt den Rüssel und stand im Staub, zwei Stunden lang. Als ich fertig war, kam Schäper raus, klopfte dem LKW-Fahrer auf die Schulter und meinte: „Da haben wir uns wohl einen Kaffee verdient, was? Kommen Sie mit rein!" Und zu mir sagte er: „Du fegst hier derweil alles sauber. Und das passiert dir nicht noch mal, klar?!"

Das war der Punkt, an dem es nicht mehr weiter ging. Ich ging an ihm vorbei und sagte: „Schäper, du bist ein Arschloch." Und ich packte meine Sachen und fuhr davon, um nie wieder zurückzukehren. Meine schmutzigen Arbeitsklamotten liegen wahrscheinlich noch heute in der Ecke der Waschküche dort.

Als ich nach einigen Kilometern anhielt, war der Himmel wieder hell. Die Sonne schien, und die Luft in der Lunge fühlte sich klasse an. Ich war wieder frei. Mit einer Flasche Sekt fuhr ich zu Christine. Wir setzten uns – zur Feier des Tages – in die nächste Bushaltestelle und tranken einen. Was auch immer folgen würde – es würde besser sein als die Zeit bei Schäper in Hechthude.

Mit dem Alten bei den Ökos

Nun gut, das, worüber ich jetzt schreiben will, ist einige Jahre her. Damals gab es die DDR noch und in den USA war ein anderer Westernheld Präsident. Ich war jung, schlank und radikal, ohne es damit allerdings besonders ernst zu meinen. Und ich interessierte mich für Ökolandbau. In den Augen meines Vaters war das allerdings radikal genug, und es gab Anlass für allerlei Generationskonflikte sowie komplizierte Irrungen und Wirrungen unserer Leben. Da aber die Wahrheit nur selten so lustig ist wie eine gut ausgedachte oder auch gut ausgeschmückte Geschichte, so will ich denn mal ordentlich übertreiben – sonst liest ja doch keiner weiter. Und wen interessiert denn schon die Wahrheit? Also, die echte, einzige, historische, wahre Wahrheit... gibt's die überhaupt?

Es waren die achtziger Jahre. Die Leute trugen schlimme Frisuren und pastellfarbene Pullis, ganz Schleswig-Holstein war sozusagen Zonenrandgebiet und der damalige Westernheld sagte anlässlich von Mikrofonproben Dinge wie „In zehn Minuten beginnen wir mit der Bombardierung der Sowjetunion". Kein Wunder, dass der zu Hause nicht mal an die Fernbedienung des Fernsehers durfte...

Und der Alte und ich, wir feierten Generationskonflikt. Das war nicht immer lustig, obwohl es sich im nachhinein so anfühlt. Meistens war es das Übliche: Länge der Haare, Ausrichtung der Haare, Haare überhaupt. Ich mied Kämme und Bürsten jeder Art, und am besten sah meine Antifrisur aus, wenn ich abends mit nassen Haaren ins Bett gegangen war. Das fand mein Vater auch; jedenfalls war er dann immer sehr aufgeregt. Aber das war normal, sozusagen der Normalzustand unseres Generationskonfliktes, und täglich tauschten wir unsere rituellen Sprüche aus, wie andere „Guten Morgen!" sagen: „Wie siehst du denn aus?" „Was geht dich das an?" „Mudder, hol die Schermaschine!"

Eine unserer besonderen Krisen begann, als ich zu Hause erzählte, dass ich das zweite Lehrjahr auf einem Biohof verbringen würde. Das traf den Alten tief. Alles, was er sagte, war: „Die kommen vor Hunger nicht in den Schlaf." Dann sprach er nicht mehr mit mir, einige Wochen lang, während ich aufhörte, mich zu rasieren. Was mischte der sich in mein Leben ein? Ich war kein Kind mehr: ich war ein Mann! Schließlich hatte ich Bartwuchs!

Als das zweite Lehrjahr anfing, lud mein Lehrherr – im übrigen ein sehr hagerer Mann – meine Eltern zu einer exklusiven Hofführung ein. Sie kamen, ließen sich alles zeigen und hielten sich mit Kommentaren zurück. Erst am Abend sagte mein Vater zum Bauern: „Das Gute an euren Feldern ist ja, dass das Korn so schön dünn steht. Dann kann ja ruhig mal eine Herde Kühe durchtrampeln – Schaden können die ja nicht machen!" Und meine Mutter fragte die Bäuerin besorgt, ob ich bei ihr denn auch genug zu essen bekäme. Ungeachtet der Antwort packte sie fortan jedes Mal, wenn ich zu Hause war, große Fresspakete für meine Zeit in der Fremde, welche sie mir mit bekümmertem Blick zum Abschied fest in beide Hände drückte: „Dass du mir nicht vom Fleisch fällst!"

Als das zweite Lehrjahr fast um war, fand auf einem anderen Ökohof in unserer Gegend eine Hofbesichtigung statt. Jenem Bauern ging der Ruf voraus, ein exzellenter Ackerbauer zu sein, und ich schaffte es tatsächlich, meinen Vater zu überreden, mit mir auf diesen Hof zu kommen. Zwar fragte er: „Und was ist, wenn mich jemand erkennt? Was sollen die Leute denken?", doch ich sagte: „Vater, du gehst nur auf einen Biohof, nicht in einen Sexshop!"

Wie dem auch sei, obwohl es Juni war und sehr warm, zog mein Vater seinen dicken Parka an (ja, genau, den mit der Deutschlandflagge auf den Ärmeln), setzte sich die Wintermütze auf und nahm für alle Fälle noch einen falschen Vollbart mit. Kurz gesagt: er verschleierte seine Identität, so dass Otto Schily – hätte es ihn damals schon in seiner jetzigen Inkarnation gegeben – ihn sofort wegen dringenden Tatverdachts auf eine unserer Gefängnisinseln verbannt hätte: Hallig Hooge, Hallig Gröde oder, schlimmer noch, Hallig Totalöde.

Als wir auf dem Hof ankamen, bot sich ein buntes Bild absurder Komik; denn neben der üblichen Ökofraktion – unrasierte Männer mit fleckigen Jeans und langhaarige Frauen mit wehenden Röcken und selbstgefärbten Tüchern; mein Vater sagte: „Zigeuner!" – fanden sich hier auch einige relativ normal aussehende Jungbauern mit ihren allesamt sehr unauffällig verkleideten, unangemessen warm angezogenen Vätern – den Kragen hochgeschlagen, die falschen Bärte auf den Wangen, so standen sie und lauschten den Ausführungen des Biobauern, der übrigens schlank, fast hager war. Der Alte sagte nur: „Sag ich doch: Hunger!"

Aber die Flächen sahen gut aus, waren relativ unkrautfrei, und mein Vater sprach das höchste Lob, das er sich abringen konnte: „Naja, hier sollte vielleicht doch keine Herde Kühe durchrennen..." Er war gut gelaunt, fast redselig, doch plötzlich verstummte er, zog den Kopf wieder zwischen die Schultern und blickte zu Boden. Er hatte jemanden erkannt. Und im selben Augenblick hatte der meinen Vater erkannt. Das machte die beiden doch sehr verlegen, aber da sie nun schon einmal enttarnt waren, machten sie das Beste draus. Sie rissen sich die falschen Bärte ab und fingen an zu plaudern. Sie kannten sich von früher, aus der Landwirtschaftsschule, und sie redeten über ihre Höfe, ihre Frauen, die Agrarpolitik und ihre missratenen Söhne. Wieder und wieder fragten sie sich: „Was haben wir nur falsch gemacht?"

Nun sind seitdem anderthalb Jahrzehnte vergangen. Mein Vater ist jetzt Altenteiler, meine Haare sind jetzt kürzer, und unser Hof wird jetzt ökologisch bewirtschaftet. Damit geht ein alter Traum von mir in Erfüllung, aber ich weiß nicht, ob ich darüber so glücklich sein soll. Wenn ich so zurückdenke an die Zeit, in der mein Vater meinen Haarschnitt nicht mochte – nun, damals tat und sagte ich vieles nur deshalb, weil ich wusste, dass es auf der anderen Seite lustige Reaktionen hervorrief. Das waren die Spielregeln; das gehörte dazu.

Und was geschieht, wenn meine Tochter oder mein Sohn als mögliche Hofnachfolger – wenn dann überhaupt noch jemand nachfolgen will – sich im Zuge eines ja durchaus üblichen Generationenkonfliktes von ihrem ökologisch wirtschaftenden alten Sack dadurch absetzen wollen, dass sie auf Hightech-Landwirtschaft setzen, auf Gentechnik und diesen Satellitenmist? Sollte ich da jetzt nicht lieber umschwenken und das Gegenteil von dem tun, was ich mir wünsche, damit die nachfolgende Generation das meiner Ansicht nach Richtige tut? Und hat mein Vater damals genau so gedacht? Und sein Vater zuvor?

So viele Fragen, auf die niemand eine Antwort weiß. Aber eins ist klar: solange meine Gören ihre Füße unter meinen Tisch stellen, werde ich es nicht zulassen, dass sie Monsanto-T-Shirts tragen oder dämliche Pestizidwerbung auf blöden Baseballcabs... schon diese Schlabberhosen ohne Arsch sind ja wirklich eine Zumutung! Nein, wie die rumlaufen, diese Jugendlichen... furchtbar! Das hätten wir uns nicht erlauben dürfen...

Ferkelkastrieren mit der Putenschlächterin

Wir trafen uns in der Berufsschule. Ich war im zweiten Jahr meiner landwirtschaftlichen Lehre; sie wollte Agrarwissenschaften studieren und machte ein Jahrespraktikum auf einem Putenmastbetrieb. Ein Jahr lang besuchten wir dieselbe Klasse und fuhren jeden Montag gemeinsam in die Schule.

Sie war klein und quirlig, über und über voll mit Sommersprossen. Abertausende im Gesicht, auf den Armen, und ich weiß nicht, wo noch überall. Ihr Blick war leuchtend und frech; ihr Lachen platzte oft wie eine Urgewalt aus ihr hervor, ein glockenhelles Plätschern, Fließen, Tosen, ein Gebirgsbach während der Schneeschmelze, der einen einfach fortriss. Und reden konnte sie, quasseln, schnattern. Während ich einen Satz begann, hatte sie schon Dutzende hinter sich. Sie schwieg nur, wenn sie lachte. Niemals war es langweilig mit ihr; peinliche Pausen gab es keine.

Kurz gesagt: Ich verguckte mich in sie. In stiller Bewunderung genoss ich ihren Redeschwall, schaute in ihre hellen Augen, zählte die Sommersprossen und wartete auf den

Tag, der einfach nicht kommen wollte. Den Tag, an dem ich in diesen gepunkteten Armen liegen würde.

Doch es ging nicht voran. Ich stand in Flammen, doch das Feuer wollte nicht auf sie übergreifen. Wir verstanden uns gut, ja, aber ich brannte, und sie war feuersicher, wie aus Asbest.

Sie erzählte von ihrem Alltag in der Putenmast: füttern, Kadaver sammeln, Tränken säubern, schlachten, ausnehmen. Und ich hörte zu und dachte: Hey, für dich würde ich sogar Puten mästen.

Welch paradiesische Vorstellung: Die Kuhställe voll mit hässlichen Vögeln, die überall gequält aus den Fenstern gedrückt werden. Schilder mit der Aufforderung, leise zu sein, damit die Viecher keinen Herzkasper kriegen. Ein großer, stinkender Container auf dem Hof, und sie und ich einträchtig an der Schlachtbank, Puten den Kopf abschlagend, uns zwischendurch glücklich herzend und küssend. Später dann wilder Sex im Kühlraum, inmitten baumelnder Vogelleichen, das Schlachtbeil noch in ihrer Hand.

Auf meiner Geburtstagsfeier stellte ich sie dann meinen platonischen, wenngleich nicht gänzlich eifersuchtsfreien Freundinnen vor, samt und sonders vegetarische, ökologisch orientierte, selbstgefärbte Batikhalstuchträgerinnen. Platonische und nur platonische Freundinnen zog ich nämlich an wie das Licht die Motten. Oh, ich konnte dieses „Du bist wie ein Bruder für mich und mein bester Freund"-Geseier nicht mehr hören. Ich wollte Liebe, Lust und Leidenschaft und keine problemorientierten Gespräche. Noch heute werde ich aggressiv, wenn ich Halstücher sehe...

Da saßen sie in einer Runde, die Mädels, die mich nicht wollten. Mein Gebirgsbach aus Asbest passte überhaupt nicht dazu: gekleidet wie ein Landhaus, mit leicht aristokratischem Gehabe, wenn sie nicht gerade von einem Lachanfall geschüttelt wurde. Ach, sie war bezaubernd – was meine Freundinnen gar nicht fanden. Sie kreischten durcheinander, als sie gegangen war, weil sie im Stall noch die Putenrunde drehen musste: „Wie geschmacklos, eine Putenschlächterin einzuladen, ob mir die Tiere denn nicht leid täten? Ob ich etwa gewillt sei, den Pfad der Tugend zu verlassen und stattdessen dem Ruf des Bösen zu folgen?“ So ereiferten sie sich, und ich sagte nur: „Was kann schöner sein, als von ihr geschlachtet zu werden?“ So hatte sie ihren Namen weg, und ich war meine Freundinnen los. Aber ich hatte ja sie, wenngleich mir immer klarer wurde, dass sie die platonischste meiner platonischen Freundinnen bleiben sollte. „Scheiß Platon!“ schrie ich wieder und wieder: „Sei nicht so gemein!“

Die Zeit verging; das Berufsschuljahr neigte sich dem Ende zu. Wir mussten uns auf unsere Prüfungen vorbereiten: Sie hatte Praktikanten-, ich Gesellenprüfung. Von Schweinen hatten wir beide keine Ahnung. Ich sagte: „Die Kadaver sind größer, wiegen mehr und haben keine Federn.“, aber sie meinte, ein bisschen mehr müsse sie schon wissen.

Also meldeten wir uns an. Zweiwöchiger Schweinehaltungskurs, Lehr- und Versuchsanstalt Futterkamp. Vielleicht eine Gelegenheit, sie doch noch in Brand zu stecken. Wir hatten Spaß; wir gingen sogar zusammen aus, doch alles blieb beim alten.

Dann, am letzten Tag des Kurses, ging es um das Kastrieren der männlichen Ferkel. Unsere Gruppe stand im Schweinestall rund um den Schweinemeister herum, der ein Ferkel umgekehrt auf den Oberschenkeln liegen hatte. Es quiekte wie blöd, und der Meister sagte: „Das tut ihm nicht weh. Das ist nur die ungewohnte Situation." Das scharfe Messer zur Hand, ein schneller Schnitt, und die Hoden wurden vom Hofhund weggefangen. Zack, zack. Irgend etwas in mir zog sich zusammen.

Dann fragte der Meister, während er das blanke Messer im Licht drehte: „Na, wer möchte mal probieren?" Betretenes Schweigen, dann rief sie: „Ich". Der Meister griff das nächste Ferkel und hielt es fest. Das Quieken. Ihre Hand bewegte sich zitternd und zögernd auf die Hoden zu, das Messer voran. „Nicht so zaghaft!" rief der Meister. Sie stach zu. Blut spritzte. Ich krümmte mich, mir wurde schwarz vor Augen. Ich spürte, wie ich den Boden unter den Füßen verlor.

Als ich aufwachte, lag ich mitten auf den Spalten. Glücklicherweise hatte der Köter mich nicht weggeschnappt; der Brocken war ihm wohl zu groß. Einige Köpfe beugten sich über mich, und der Schweinemeister fragte: „Sind Sie umgefallen?" Ich hätte gern gesagt: „Nein, ich fand nur, es ist Zeit für einen Mittagsschlaf." Stattdessen sagte ich: „Keine Ahnung. Ist meine Stimme noch normal?" Und prüfend griff ich mir zwischen die Beine.

Man half mir hoch. Stinkend und schwankend stand ich da, befühlte die Wunde an meinem Kopf. Dann kam sie, die Putenschlächterin, die Ferkelkastreuse.

Sie nahm mich in den Arm. Ihre blutbefleckte Hand fuhr durch mein Haar; das Blut des Ferkels mischte sich mit meinem. Ich quiekte laut. Sie fragte: „Was ist mir dir?“ – „Ach, nichts“, sagte ich, „es tut nicht weh, es ist nur die ungewohnte Situation.“

Ein Paar wurden wir nie, die Putenschlächterin und ich. Freunde sind wir geblieben, bis heute. Rein platonisch natürlich...

Werbepause

Von Vertretern,
Call-Center-Agents und Zeitschriften

Nichts gegen Vertreter. Ich kann nicht sagen, dass ich Vertreter nicht mag. In der Tat habe ich noch niemals einen probiert. Im allgemeinen bin ich aber nicht sehr krüsch, und neulich berichtete mir jemand von einem sehr delikaten Vertreterbraten in Sahnesoße. Hörte sich lecker an, das Rezept. Und gewiss, es gibt einige, die es wert wären. Diejenigen, die immer dann kommen, wenn die Liebste und ich uns noch einmal entschlossen haben, eine kleine Mittagsstunde zu machen. Gerade liegen wir eng aneinandergekuschelt unter der Decke, da steht irgendein durchgeknallter Typ in unserer Küche – die Säcke kommen ja immer gleich rein – und will uns seinen verlausten Milchaustauscher andrehen. „Ich füttere Vollmilch, und nun gute Nacht!" – „Wissen Sie, wie viel Geld Sie da verschenken?" – „Ja, und nun zieh Leine. Bin allergisch gegen Vertreter. Werde aggressiv davon. Ah!" Und ich fletsche die Zähne und schlage unkontrolliert um mich. Schon haut er ab. Trotzdem kommt er immer wieder. Ein ganz harter Hund.

Es gibt aber auch lustige Vertreter, skurrile Typen, wie der Plocher-Heini, der seit Jahren versucht, mich zu bekehren. Jedes Mal hat er auf Kopien schlechter Qualität neue Wunderdinge im Angebot. Zuletzt warb er für einen Internet-Kettenbrief, der mich innerhalb von Stunden zum Millionär machen sollte. Hätte ich vielleicht versuchen sollen...

Nicht zu vergessen mein Hoflieferant. „Moin, moin" steht auf seinem Lieferwagen, aber verbal ist der Mann zu solcher Freundlichkeit nicht in der Lage. Ein Griesgram, hat den Wagen vollgeladen mit allem, was der Bauer so braucht. Verkaufen will er allerdings in erster Linie Melkmaschinenreiniger, und wehe, man hat den woanders gekauft. Einmal nahm ich zwei Monate lang keinen Kanister von ihm. Als er da war, kaufte ich ein paar Krampen, ein paar Isolatoren, ein wenig Eutersalbe, um ihn nicht ganz zu enttäuschen. „Und SPA-ÜLMIDDEL?" – „Hab ich noch." – „Hest bi den annern köfft, wa? För den lütten Kram komm ick ni. Dat ist vörbi." – „Gut, denn musst du weg bleiben."

Vier Wochen später war er wieder da. „SPA-ÜLMIDDEL", bellte er. „Nö", sagte ich, „hab ich noch." Er hüpfte wie Rumpelstilzchen. Ich hoffte, er würde sich wie dieser in der Mitte entzwei reißen. Tat er aber nicht. Ich wollte nachhelfen. „Sag mal, kannst du mir nur einen rechten Arbeitsschuh verkaufen? Bei mir gehen immer die rechten kaputt, und die linken sind noch heil. Ich würde auch zwei rechte nehmen, das ist doch wie ein Paar, oder?" Japsend lag er in der Ecke, vor sich hin spülmittelnd. Er kommt nicht mehr, er schickt seinen Angestellten, einen netten Kerl. Ihm kaufe ich auch wieder Melkmaschinenreiniger ab, und gemeinsam äffen wir seinen Chef nach. Ein Vergnügen.

Aber im Ernst: All diese Vertreter, fliegenden Händler und Haustürmissionare – „Wir möchten uns mit Ihnen heute mal über die Schöpfung unterhalten“ – sind absolut angenehm im Vergleich zu Call-Center-Agents. Ach, wer kennt es nicht? Da hat man also irgendwo bei einer Messe oder sonst wo an einer Verlosung teilgenommen, die irgendeine Agrarzeitschrift veranstaltet hat. Man wollte unbedingt die 500-PS-Ackerraupe gewinnen, die zur Verlosung stand. Auf der Stelle drehen, und ich habe so kleine Flächen, da muss ich die ganze Zeit drehen – wie toll wäre da so eine Raupe!

Natürlich ist es nichts mit Raupengewinnen, aber einige Wochen später segelt – kostenlos und unverbindlich – ein Probeexemplar ins Haus. Flop Agrar, Doof Direkt, Amateur – oder heißt letztere Doofi? All diese schönen, bunten, glänzenden Heftchen mit der tollen Werbung; die liegen dann auf dem Klo rum, man guckt sich die Bilder an, und irgendwann klingelt das Telefon. Der Call-Center-Agent, meistens weiblich. „Guten Tag, mein Name ist Angelika Mustermann. Was kann ich für Sie tun?“, säuselt sie in mein Ohr. Sofort möchte ich wirklich vulgäre Wünsche äußern, stattdessen verliere ich die Contenance und brülle: „Woher soll ich das wissen, blöde Kuh, du hast mich doch angerufen!“ – „Sie hatten ein Probeexemplar unserer Zeitschrift erhalten, und da wollte ich Ihnen ein besonderes Angebot machen. Wie hat Ihnen unsere Zeitschrift gefallen?“ – „Sie ist Mist. Ich abonniere nur, wenn ich die Raupe kriege.“ – „Oh, schön, wollen Sie ein Ein- oder ein Zwei-Jahres-Abo?“ – „Hey, ich will deine Hefte nicht, klar?“ – „Sie können es auch für fünf Jahre abonnieren, dann bekommen Sie gratis einen toten Hund dazu!“

Es hilft nichts. Sie hören einem nicht zu. Da hilft nur eins: auflegen. Den Telefonstecker aus der Wand ziehen. Per Mobiltelefon die Post anrufen – oder wie der Verein jetzt auch immer heißen mag – und eine neue Nummer beantragen. Sonst klingeln sie dich aus dem Bett und machen dich fertig, Stück für Stück.

Da lobe ich mir die Bauernstimme. Schwarz-weiß und matt, keine Werbung, eine ganze Zeitung voll mit Inhalt. Keine Call-Center-Agents, keine Vertreterbesuche, keine fliegenden Händler. Einfach eine gute Zeitung, die einen zurückführt zu den einfachen Wahrheiten. Man abonniert, man liest, man liebt sie. Und hinterher ist man schlauer als zuvor. Versprochen.

Die Bestelladresse finden Sie am Ende des Buches.
Viel Spaß damit.

Ein Mähdrescher zu Weihnachten

Dies ist eine Geschichte, eine Weihnachtsgeschichte. Eine Geschichte aus einer vergangenen Zeit, in welcher es in unserem Dorf noch eine Schule, einen Bäcker, einen Schlachter, einen Gasthof, eine Schmiede und einen Laden gab. Bis auf die Schule und die Schmiede ist das alles mal gewesen, aus, vorbei. Dafür haben wir heute ein Dorfgemeinschaftshaus; das ist auch etwas Feines. Nur lebt da keiner von.

Der Laden nun – er war für mich das Tor zur Welt. Auf meinem täglichen Schulweg kam ich an seinen beiden Schaufenstern vorbei und guckte mir all die ausgestellten, glückverheißenden Dinge an.

Eines der Fenster war dem absolut nutzlosesten Kitsch vorbehalten, den es nur zu kaufen gab. Über Jahre hinweg versorgte mich dieses Fenster mit Geburtstags-, Weihnachts- und Muttertagsgeschenken für Vater, Mutter, Oma und Opa: Wandteller aus Plastik mit schlauen Sprüchen darauf („Der eine hat ein trautes Heim, der andere traut sich gar nicht heim.“), Wildschweinreliefs aus Zinn, grässliche Sammeltassen, billige Taschenmesser, Holzuntersetzer mit Trinkversen („Im Himmel gibt's kein Bier, drum trinken wir es hier!"), farbige Schnapsgläser. Erst jetzt verstehe ich langsam, warum alle meine Verwandten später sagten, sie wollten nichts von mir geschenkt haben, es reiche, dass ich da sei, das sei ja auch ein Geschenk. Ach was, alles Gewäsch – die wussten nur einfach nicht mehr, wohin mit dem Zeug.

Das andere Fenster – nun, das andere Fenster war voller Spielzeug, Matchboxautos, Panzermodelle, Cowboy- und Indianerfiguren, Kampfbomberbausätze. Jedes Mal, wenn ich vorbeikam, schaute ich nach, ob es nicht etwas Neues zu entdecken gab.

Es muss an einem grauen, nebligen Novembertag gewesen sein – ich stand wieder dort, vom Fahrradfahren noch ganz außer Atem, und traute meinen Augen kaum. Da war doch tatsächlich ein wunderschönes Modell eines Mähdreschers ausgestellt. Mein Herz klopfte bis zum Hals – ein Claas Terminator 9000, mit Fahrerkabine, herabklappbarem Schneidetisch und mindestens sechs Meter Arbeitsbreite. Und ein Korntank, in den der jährliche Gesamtertrag aller unserer Ackerflächen dreimal passte. Mir schoss nur ein Gedanke durch den Kopf: Den muss ich haben!

Als alter Lodderbauer hatte ich nämlich nur einen ungenügend ausgestatteten Spielzeugmaschinenpark. Ich verfügte über einen Ford-Schlepper mit 55 PS und ohne Allrad, einen kaputten Dreischarbeetpflug, einen alten Maishäcksler, einen kaum noch zu gebrauchenden Sternradschwader und einen alten Deutz-Fahr-Ladewagen, der genau diesem Befehl niemals folgen wollte, weil er ständig ein Rad verlor. Ich wusste genau – die anderen Bauernjungs zerpflückten sich in meiner Abwesenheit die Mäuler über all meinen Plunder. Was für ein Sieg wäre es für mich, jetzt mit einer solchen Wahnsinnsmaschine aufzuwarten! Sie würden alle zu mir kommen und mich auf Knien anflehen, bei ihnen gegen Lohn zu dreschen. Und ich würde eine abweisende Geste machen und antworten, dass die Strohschwade hinter meinem Drescher viel zu gewaltig für deren Ballenpressen sei. Was für ein Triumph! Und nie käme ich in Versuchung, unserem Nachbarjungen in einem unbeobachteten Augenblick den Deutz Allradschlepper samt niegelnagelneuem Vierscharvolldrehpflug zu entwenden.

All dies malte ich mir aus, als ich damals im Nebel vor dem Schaufenster stand. Mein Entschluss war gefasst: Dieser Mähdrescher würde auf meinem Weihnachtswunschzettel ganz oben stehen.

Die Wochen vergingen: Die Tage wurden kürzer und trüber; Heiligabend rückte langsam, aber unaufhörlich näher: Ich hielt das Warten kaum noch aus, und dennoch hielt ich mich zurück, wenn dass Gespräch auf dem Schulhof auf die erwarteten Weihnachtsgeschenke kam. Ich murmelte dann irgendetwas von Socken und Unterwäsche, verschwieg aber meinen Mähdrescher. Ich wollte mir meinen Siegesrausch aufsparen, um ihn dann ganz und gar genießen zu können.

Schließlich war es soweit – die Bescherung. Und da stand er tatsächlich, von den Baumkerzen in ein unwirklich schimmerndes Licht getaucht: mein wunderbarer Claas Terminator 9000.

Noch am selben Abend drosch ich fünfmal die wogenden Weizenfelder unseres Wohnzimmerteppichbodens ab, um dann erschöpft, aber glücklich ins Bett zu gehen. Am nächsten Morgen – erster Weihnachtsfeiertag – rief ich den Nachbarsjungen an. „Frohe Weihnachten“ wünschte ich ihm beiläufig und forderte ihn mit mühsam unterdrücktem Spott auf: „Rate mal, was ich geschenkt gekriegt habe?“ – „Keine Ahnung“, war die Antwort. „Den Claas Terminator 9000 aus dem Schaufenster!“ Meine Stimme überschlug sich fast vor Begeisterung und Stolz. „Hab ich auch“, antwortete er.

Rumms! Das saß; das traf mich wie ein Schlag in die Magengrube. Damit hatte ich nicht gerechnet. Mir blieb die Luft weg, und vor meinen Augen wurde es schwarz. Ohne ein weiteres Wort ließ ich den Hörer auf die Gabel fallen. Langsam schlich ich die Treppe hinauf und verschwand in meinem Zimmer. Tief gekränkt packte ich den Mähdrescher wieder in seinen Karton und schob ihn ganz weit unters Bett.

Wenn das schon nichts Besonderes mehr ist, so einen tollen Drescher zu haben, dann will ich lieber Lodderbauer bleiben, dachte ich mir und machte mich daran, meinen Dreischarpflug zu reparieren.

Das Urteil

Das Urteil traf mich hart, und es traf mich genau an meiner empfindlichsten Stelle. Was war geschehen?

Es war ein schöner, sonnenwarmer Tag irgendwann im Sommer, irgendwann in den siebziger Jahren. Ich war etwa acht Jahre alt, und ich hatte schlechte Laune.

Seit einigen Tagen hatten wir nämlich Feriengäste aus Berlin. Ein Ehepaar mit einem Sohn, ein Jahr älter als ich, ein Klugscheißer, ein Stadtmensch – „Stadtmensch" war damals das schlimmste Schimpfwort, das ich kannte.

Die drei Berliner hatten eigentlich zum Zelten nach Schweden gewollt, aber ihr Auto hatte – welch unglücklicher Zufall – auf der Autobahn direkt hinter unserem Garten den Geist aufgegeben. Und meine Eltern hatten den Havaristen unser Gästezimmer angeboten – und zwar nicht nur für eine Nacht, sondern für deren ganzen Urlaub! Zwei Wochen Stadtmenschen im Haus! Der Junge hüpfte vor Freude vor unserem Stall auf und ab und schrie, wieder und wieder: „Ferien auf dem Bauernhof! Ferien auf dem Bauernhof!" Das war zuviel für mich! Konnte der nicht einfach den Schnabel halten?

Ich war kein besonders gastfreundliches Kind. Drei Tage lang redete ich kein Wort mit denen, sondern starrte sie stattdessen finster an. Kein Wunder, hinter unsere Autobahnbrücke verirrten sich diese komischen Zweibeiner so selten.

Am vierten Tag redete ich zum ersten Mal in Gegenwart der Stadtmenschen. Ich fragte meine Mutter, als wir gerade mit den Gästen am Kaffeetisch saßen: „Wann hauen die denn endlich wieder ab?"

Sie hauten nicht ab, sie blieben ewig. Sie angelten in unserem See, sie planschten an unserer Badestelle, sie sonnten sich in unserer Sonne. Sie latschten über unseren Rasen. Ich hasste sie dafür.

Am sechsten Tag tat ich so, als wolle ich mit der Berliner Göre spielen. Ich schlug ihm vor, Enten jagen zu gehen. Keine wilden Enten, unsere Mastenten, die immer am Misthaufen waren. Sie quakten so schön und regten sich so herrlich auf, wenn man versuchte, sie zu erwischen. Was aber viel besser war – am Rande des Misthaufens gab es eine Fläche, die sich perfekt als Stadtmenschenfalle eignete. Es war eine große Pfütze aus einem Gemisch aus Mist und Jauche. Die Oberfläche war verkrustet und sah fest aus; darunter lauerte der schlimmste Stinksumpf, den man sich wünschen kann.

Nun, ich wusste, wo man laufen konnte und wo nicht. „Pass mal auf!" sagte ich zum Berliner, rannte los und scheuchte die Enten auf. Gequake, Geflatter, Gestolper. „Mach auch mal!" rief ich ihm zu. Schon nach wenigen Schritten versackte er im Modder, hüfttief, und ich stand am

Rand und lachte mich kaputt. Köstlich! Und dann ließ ich ihn da stecken und ging meines Weges.

Es gab ein Donnerwetter. Ich musste die im Modder verlorengegangenen Berliner Sandalen suchen und abspülen und wurde außerdem dazu verdonnert, von nun an jeden Vormittag mit dem Klugscheißer zu spielen, und zwar ohne fiese Tricks.

Ich wollte mich bemühen; denn bei guter Führung wurde mir ein neuer Spielzeugtrecker versprochen, ein Deutz mit Allrad und Kabine!

Also hatte ich an jenem Morgen im Sommer zwar schlechte Laune, war aber auch gewillt, mit diesem Jungen aus der Stadt zu spielen. Zwar nicht aus reiner Freude am kindlichen Spiel, aber immerhin.

Wir waren über den Goldregen auf das flache Blechdach des Geräteschuppens geklettert, hatten eimerweise Sand dort ausgeschüttet, fein verteilt und mittels der Blechbahnen unsere Äcker schön agrarsteppenquadratisch untereinander aufgeteilt. Jeder hatte seinen Miniaturtreckerfuhrpark samt Maschinen dabei – damit war er besser ausgestattet als ich – und also fingen wir an, unser Land zu bestellen.

Der Klugscheißer wusste natürlich alles besser. Er hatte ein dickes Buch dabei, „1000 Fragen für den kleinen Landwirt“, das konnte er scheinbar auswendig. Also ging er nach den Grundsätzen der guten fachlichen Praxis an die Arbeit, obwohl es diesen Begriff damals noch gar nicht gab. Während er Bodenproben zog, begann ich mit dem Miststreuen. Das war nämlich die erklärte Lieblingsbeschäftigung meines Vaters und roch außerdem immer so interessant. Ich belud den Miststreuer mit allerlei Schiet und Dreck, und los ging's. Es dauerte allerdings nicht lange, dann hatte ich mich in einer Ecke meines Ackers unglücklich zwischen den Feldbegrenzungen verkeilt. Übers Nachbarland durfte ich nicht fahren, das wusste ich von meinem Vater. Also, musste ich mich wohl oder übel rückwärts rangierend aus der Klemme befreien.

Leichter gesagt als getan. Bei der Menge Platz, die mir beim Spielen immer zur Verfügung stand, hatte ich einfach keine Übung im Rückwärtsfahren – ich war auch vorwärtsfahrend immer dort gelandet, wo ich hingewollt hatte. Außerdem ließ sich solch ein kleiner Trecker ja auch leicht an den gewünschten Platz heben. Genau dies war aber jetzt nicht möglich, wachte Klugscheißer doch mit Argusaugen darüber, dass ich jawohl ordnungsgemäß wirtschaftete. Nichts konnte er schlechter vertragen als solcherlei Wettbewerbsverzerrungen zu seinen Ungunsten. Er beobachtete mich wachsam, aus allgegenwärtigen Agentenaugenwinkeln. Hätte er etwas Verdächtiges entdeckt – er hätte mich bestimmt beim Landwirtschaftsamt angezeigt oder eine Protestdemo organisiert.

Und war er nicht ein absoluter Meister im Rückwärtsfahren? Sogar den Zweiachser – für mich eines der ungelösten Menschheitsrätsel – bewältigte er spielend. Wahrscheinlich saß er den ganzen Winter in seiner stinkigen Berliner Bude und übte das Rangieren! Kein Wunder also, dass er besser war als ich.

Das Blut stieg mir in den Kopf. Mit rasenden Gedanken versuchte ich, mich aus der misslichen Lage zu befreien. Ich ahnte, dass ich scheitern würde. Da saß der Stadtmensch. Er tat gewiss nur so, als bearbeite er seinen Acker. Ich traute mich nicht, ihn anzublicken, aber ich wusste, dass er mir auf die Finger guckte und bereits hämisch in sich hineinlachte. Ich ahnte seine Gedanken: „Oh, diese schlecht ausgebildete Landjugend! Mit der deutschen Agrarwirtschaft geht es bergab!“

Ich setzte zum ersten Rangieren an. Schweiß brach mir aus. Natürlich – natürlich ging der blöde Misthänger zur verkehrten Seite weg, verkantete sich hinter dem Trecker, und ich hätte um ein Haar – das weiß ich erst heute – mit den Unterlenkern die Zapfwelle verbogen. Musste der kleine Herr Landwirtschaftsrat da nicht vor Schadenfreude in die Luft springen? Zupachtflächen wittern?

Äußerlich verhielt er sich ruhig. Er saß weiterhin dort, gab vor, seinen Acker zu pflügen und machte verdächtige Motorengeräusche. Mir wurde indes schwarz vor Augen. Ich zog mein Arbeitsgespann vor und korrigierte so meine hoffnungslose Lage. Jetzt stand der Trecker wieder in seiner Ausgangsposition.

Um Zeit zu gewinnen – ich spekulierte auch darauf, dass der Klugscheißer die Lust am Spiel verlieren würde – stand ich auf, ging zum Rande des Blechdachs und pinkelte in großem Bogen auf die darunter stehenden Holunderbüsche. Mein Vater, der dort unten gerade am Grubber schraubte, sprang erschrocken zur Seite, aber einmal angefangen konnte ich nicht aufhören.

Der innere Druck wurde weniger, das spürte ich deutlich, als ich dort stand. Ich überlegte mir verschiedene Ansätze, um mich möglichst unauffällig aus der peinlichen Situation zu befreien. Dann hörte ich Schritte hinter mir – der Schlaubauer klopfte mir auf die Schulter: „Na, kommst du gut voran? Ich hab das Pflügen fertig." Er stellte sich neben mich und pinkelte ebenfalls. Während mein Strahl sofort versiegte, sah ich noch, dass seiner natürlich größer war als meiner und er natürlich weiter pinkeln konnte als ich!

Mir schoss durch den Kopf, dass ich jetzt schnell meine Maschinen umsetzen konnte, solange er hier stand. „Ich muss weitermachen, es ist Regen angesagt!", stieß ich hervor und stürmte voller Hoffnung meinem Acker zu. Doch als ich saß und gerade ansetzte... – da war er schon wieder neben mir und spannte die Eggen an.

Wieder setzte ich an, mit zitternden Händen. Um nicht wieder den gleichen Fehler zu machen, lenkte ich jetzt in die andere Richtung – allerdings viel zu sehr – und schon verkantete sich der rotzige Dreckshänger, diesmal zur anderen Seite.

Nun hatte mein Feldnachbar die Gewissheit. Ich war nichts weiter als ein Bauerndepp. „Mensch", sagte er, „du musst sehen, dass du die Bestellung abschließt. Sonst wird sich dein Bestand nur unterdurchschnittlich entwickeln!" Und, als wäre das noch nicht genug gewesen: „Ein guter Landwirt bist du nicht!" Da war es, das Urteil. Oh, wie groß er sich tat, unser Agrarkommissar. Er strahlte von einem Ohr zum anderen.

Nun war es ganz vorbei mit mir. Ich brach in Tränen aus und schrie – blind vor Verzweiflung und Wut: „Ich will gar kein Scheißlandwirt sein! Wärst du bloß im Misthaufen stecken geblieben!“ Ich versetzte meinem Trecker samt Miststreuer einen Tritt, dass beide im Holunder oder beim Grubber landeten. Dann kletterte, nein, sprang ich den Goldregen hinunter und versteckte mich für den Rest des Tages heulend in einer dunklen Ecke des Heubodens, eingebettet in altes Stroh, Katzenscheiße und Mäuseködel. Hier fasste ich an diesem Tag drei große Entschlüsse: Ich wollte allen zeigen, dass ich ein richtiger Bauer bin. Ich wollte immer einen Knecht haben – zum Rückwärtsfahren. Und ich wollte den Berliner Vorzeigelandwirt gegen den Stromdraht pinkeln lassen. Was das betraf, hatte ich schon einen Plan.

Zwei Tage später reiste das Stadtvolk vorzeitig ab. Es sei ja schön bei uns, aber „die Autobahn und Ihr Sohn...“ Sie kamen nicht zurück, niemals wieder, zum Glück. Und ich wurde Bauer. Auch wenn ich keinen neuen Spielzeugtrecker bekam. Ich hatte mich wohl nicht gut genug geführt...

Der Stührburgring

Unser Bauernhaus stammt aus dem ersten Viertel des letzten Jahrhunderts und ist ziemlich typisch für Bauernhäuser der damaligen Zeit in unserer Gegend. Mein Vater meint, die Höfe hier sähen sich deshalb alle so ähnlich, weil damals Feuerteufel und Handwerker ganz gut zusammengearbeitet hätten. Unbestätigten Gerüchten zufolge soll der notorische Brandstifter – der natürlich niemals geschnappt wurde – bei der Ortshandwerkerschaft eingestellt gewesen sein. Kaum brannte ein Hof ab, schon hatten Maurer, Zimmerer und Dachdecker wieder Arbeit. Und die bauten im immer gleichen Stil. Wir haben – wie viele andere in dieser Gegend also auch – ein kombiniertes Wohn- und Wirtschaftsgebäude. Die beiden Trakte sind über die mittig gelegene große Diele miteinander verbunden. Das Wohnhaus erreicht man entweder über die große Haustür (zentral im Wohnteil gelegen und oft mit griechisch anmutenden Säulen zum Portal erhöht – bei uns reichte es aber nur zu einer doppelten Tür mit gemauerter Veranda davor) oder aber über einen dunklen Gang von der Diele an den Knechtkammern vorbei bis zur Küche. Dieser Gang kann sich als sehr wertvoll erweisen, verschafft er einem doch die Möglichkeit, bei bereits identifiziertem unliebsamen Besuch, der an der Haustür klingelt, leise und verschwiegen das Haus zu verlassen. Häufig aber nimmt unliebsamer Besuch den internen Eingang und steht – batz! – in der Küche, was eine Flucht unmöglich macht.

Dieses System der zwei Eingänge verschaffte meinem Bruder und mir einen Rundkurs durch Haus und Garten, welcher sich ausgezeichnet für Verfolgungsjagden eignete. Wir nannten ihn den Stührburgring.

Der Start war stets im Flur. Dann ging es durch die Haustür über die Veranda, vor dem Haus entlang zur großen Dielentür, durch die Diele und den Gang in die Küche und von dort aus wiederum in den Flur. Boxenstop war in der Küche, wo meist einige Kekse bereit standen.

Da ich der wesentlich jüngere bin (mein Bruder ist fast fünf Jahre älter), erhielt ich immer einige Sekunden Vorsprung. Ich war der Gejagte, mein Bruder der Jäger; er musste mich kriegen. Es ging also um Schnelligkeit; wesentlich aber war, dass er mich nicht erwischen durfte. Ein Verstecken jenseits der Piste war aber nicht erlaubt.

Wie ein rothaariger Blitz rannte ich los. Die Veranda nahm ich immer im Kurvenflug. Ich war schnell, und meist kriegte ich noch schneller Seitenstiche, weil ich lachen und mich ständig umschauen musste.

Oft hatte mein Jäger mich schon vor Ablauf einer Runde. Zur Strafe musste ich dann unser Zimmer allein aufräumen, bei unserer Mutter um Süßigkeiten betteln oder ähnliche Dienste verrichten. Dass mein Bruder mich nicht erwischte, kam eigentlich nicht vor. Er hatte ja viel längere Beine!

Einmal aber war ich besser. Ich rannte wie um mein Leben. Und er kriegte mich nicht! Ich hörte nicht mal seine drohenden Worte hinter mir; mein Vorsprung musste riesig sein! Und ich lief weiter. Zwei Runden, vier Runden, sechs, acht, zehn. Ich war schon ziemlich müde, hatte einen hochroten Kopf. Langsam ließ meine Konzentration nach. Dieser Fall war zuvor niemals eingetreten. Ich wusste gar nicht, wie es weiter ging. Wann war Schluss? Wenn ich ihn umrundet hatte? Ich wusste es nicht. Zur Sicherheit lief ich weiter.

Etwa in der einhundertsiebenunddreißigsten Runde muss es gewesen sein, als mir ein Missgeschick unterlief. Ich trat auf die Fußmatte vor der Haustür, war aber schon in Kurvenlage. Die Matte rutschte weg, und ich flog geradeaus mit dem Kopf auf die Mauerkante der Verandaeinfassung. Ich schrie auf und fasste mich an den Kopf. Sofort war meine Hand voller Blut. Der erste Unfall auf dem Stührburgring.

Nach einem kurzen Augenblick des Schocks entschied ich, dass Schmerz nur Spaß macht, wenn andere mitleiden. Ich legte mich so hin, dass es möglichst elend aussah. Heute weiß ich, dass es unmöglich ist, aber ich wollte, wenn mein Bruder mich entdeckte, leblos zucken. Ich schmierte noch ein wenig Blut auf die Fliesen und wartete leblos zuckend auf meinen Verfolger.

Wo blieb der überhaupt? Mein Vorsprung muss aber groß gewesen sein, mindestens fünf Runden, dachte ich, ohne meinen logischen Fehler zu bemerken. Irgendwann verlor ich die Geduld. Ich hob den Kopf aus der Blutlache, stand auf und fing an zu suchen.

Ich fand ihn im Kuhstall. Er fütterte gerade die Kühe, was er damals noch jeden Nachmittag machen musste. „Na, Matschiß“, sagte er, „ich hab doch gesagt, ich lauf nur eine Runde und geh dann in den Stall. Was hast du denn da am Kopf? Sieht ja eklig aus. Aber bei deinem Gesicht macht das ja nix“.

Das meinte er gar nicht böse. Große Brüder reden so. „Lahme Ente“, brüllte ich, „ich hab gewonnen; was kriege ich jetzt?“

„Mach mal die Augen zu“, sagte er. Ich kniff die Augen zu und streckte die Hände nach vorne, in Erwartung eines Taschenmessers, eines Feuerzeugs oder eines ähnlich abenteuerlichen Gegenstandes. Aber er sagte nur: „Das, was du jetzt siehst, gehört dir.“

Laut heulend rannte ich zu meiner Mutter. Sie war ganz aufgeregt und fuhr sofort mit mir zum Arzt. Ich wurde mit fünf Stichen an der Augenbraue genäht. Und der Stührburgring wurde geschlossen – wegen Unfallgefahr. Für immer.

Verliebt Trecker fahren

Es war Ostersamstag. Die Sonne schien frisch vom Himmel herab und verdampfte den Tau im Moor, so dass es leicht dunstig war. Im Wald nebenan blühten die Buschwindröschen. Es roch ein wenig modrig und würzig nach altem Holz und nasser Erde.

Ich sollte Wiesenwalzen. Das tat ich gerne; schließlich brauchte ich etwas Geld für das Osterfeuer.

Mein Vater zeigte mir noch einmal die besonders nassen Stellen der Koppel. „Halt dich davon fern! Sonst fährst du dich fest! Fahr einfach außen rum! Und jetzt sieh zu, dass du fertig wirst!"

Also legte ich los. Das machte Spaß. Majestätisch lief die schwere Walze hinter dem Trecker her und drückte alles platt, ebnete alles ein, und hinter ihr federte der Boden zurück. Der Motor schnurrte. Auf meine Ohren setzte ich die Kopfhörer meines nagelneuen tragbaren Musikkassettenabspielgerätes. Die Vögel konnte ich auf dem Trecker ohnehin nicht singen hören – da konnte ich mich ganz der Musik hingeben. Ich legte eine Kassette mit wilder, kraftvoller, jugendlicher Musik ein, und ich stellte laut.

Ich hörte, sang mit, fuhr Trecker und träumte von ihr. Ich war verliebt. Zwei Tage zuvor hatte ich sie zum ersten Mal geküsst, beim Flaschendrehen im Konfirmationsunterrichtsraum, als wir auf den Pastor warteten, der sich aus irgendeinem Grund verspätet hatte. Wahrscheinlich war irgend jemand abgenippelt oder so, jedenfalls kam er nicht, und wir vertrieben uns die Zeit mit Flaschendrehen.

Ich drehte die Flasche. Sie zeigte auf sie. Ich durfte mir etwas wünschen. „Ein Kuss! Mit Zunge!", stieß ich hervor. Ich fand sie süß. Diese Gelegenheit durfte mir nicht entgehen. Ich wurde knallrot, sie auch. „Das ist eklig!", sagte sie und küsste mich. Mit Zunge. Es zog mir fast die Schuhe aus. Etwas derartig Wunderschönes hatte ich noch nie erlebt!

Ihre Zunge war groß, breit, weich, feucht, kräftig. Elegant fuhr sie um meine Lippen, meine Zähne, meine Zunge herum. Es mag kaum fünf Sekunden gedauert haben. Bis dahin die schönsten fünf Sekunden meines Lebens, schöner noch als jener Augenblick, als ich einst in der Nachspielzeit das entscheidende 3:2 im Ortsderby gegen Bokhorst geschossen hatte, nachdem ich einigermaßen absichtlich zwei Gegenspieler und den Torwart hatte aussteigen lassen.

Sie ließ von mir ab, schaute mir irgendwie siegesgewiss in die Augen. Mit offenem Mund stand ich – wahrscheinlich blöde glotzend – da. Sie leckte sich die Lippen, mit dieser unglaublichen Zunge. Still war es geworden im Konfirmandenraum, bis sie noch einmal sagte: „Boh, ist das eklig!" Dann kam der Pastor rein und wollte von uns das Vaterunser hören. Auswendig. Ich konnte es nicht, hatte es, hatte alles vergessen. Ich konnte an nichts anderes denken als an diesen Kuss.

Nach dem Unterricht war ich kurz zu ihr gegangen. „Kommst du am Samstag zum Osterfeuer?“ hatte ich sie gefragt. „Vielleicht...“ – „Och, bitte, komm doch. Wir könnten Flaschendrehen spielen. Nur wir zwei!“, hatte ich sie angefleht. „Mal sehen“, hatte sie gesagt und war gegangen.

Jetzt saß ich auf dem Trecker, sang lauthals und dachte nach. Wenn sie mich nicht hätte küssen wollen, dann hätte sie es auch nicht getan. Und so, wie sie mich geküsst hatte – nun, das war keine Flaschendrehenpflichterfüllung, das war pure Leidenschaft, bildete ich mir ein. Und meine Gedanken schweiften weg. Ich fuhr und lauschte und sang und dachte an den kommenden Abend, an das Osterfeuer. Ich fing an zu träumen.

Das Feuer brannte schon lichterloh, doch sie kam und kam nicht. Es wurde spät; die ersten Halbstarken kotzten schon in unseren See, während der Mond über dem anderen Ufer aufging. In fiebriger Erwartung lief ich ums Feuer herum und hielt Ausschau nach ihr. Ich blickte in tausend Gesichter, aber ihres sah ich nicht. Verzweiflung begann sich in mir auszubreiten, als sie plötzlich vor mir stand. Allein, ohne ihre picklige Freundin, mit einem aufreizenden Lächeln und einem strahlenden Blick. Himmel, war sie schön!

Ich war glücklich. Wir tanzten zu irgendeiner furchterregenden Musik; schließlich wurde das Osterfeuer vom Ortsverein der CDU veranstaltet. Wir lachten, scherzten, rauften uns. Dann schlugen wir uns in die Büsche des Uferhangs, an Betrunkenen, Traurigen und anderen frischen Paaren vorbei. Unter dem Mond, im kühlen Nachtwind küssten wir uns. Sie fuhr ihre göttliche Zunge aus.

Mein tragbares Musikkassettenabspielgerät spielte gerade ein besonders wildes, besonders leidenschaftliches Lied. Aus vollem Hals sang, nein, brüllte ich mit. Doch plötzlich mischte sich ein Krachen unter die Musik, ein Krachen, welches in dem Stück gar nicht vorkam und sich weder nach Gitarre noch nach Schlagzeug, Bass oder Bandsalat anhörte. Es passte auch nicht zum Geräusch des Motors oder der Walze. Ich erschrak. Der Trecker blieb stehen und ging aus.

Was war los, ich hatte doch die nassen Stellen gemieden! Ich blickte nach hinten. Vor der Walze türmte sich ein Haufen kaputten Betons. Oh Scheiße! Ich hatte tatsächlich einen Kontrollschacht der Drainage überfahren. Mit dem Trecker war ich noch glücklich darüber weggekommen; der Betonring hatte exakt zwischen den Reifen und unter der Achse durchgepasst. Bei der Walze war dann allerdings Schluss; die hatte nicht drüber gepasst, aber sie war stärker gewesen als der Beton.

Irgendwie schaffte ich es, rückwärts wieder weg zu kommen. Ich walzte weiter. Die Musik ließ ich jetzt aus, und auch träumen wollte ich nicht mehr. Ich hoffte nur, das Donnerwetter würde nicht zu groß werden.

Es wurde nicht so schlimm, ich kriegte gar keinen Ärger. Mein Vater hatte noch einen Betonring liegen. Ich musste nur die Betonstücke aus dem Schacht fischen, beim Aufstellen des neuen Rings helfen und – natürlich – den Spott über mich ergehen lassen. Der Alte gab mir sogar noch 20 Mark. „Kauf dir ne Wurst!" sagte er.

Abends ging ich dann zum Osterfeuer. Ich kaufte mir eine Wurst. Sie kam tatsächlich – wenn auch spät – und auch der Mond schien über uns. Diesmal wurde ich nicht durch irgendein Krachen aufgeweckt. Wir spielten auch nicht Flaschendrehen. Wir waren einfach zusammen, und es war schön, wunderschön. Ihre Zunge hatte sie auch dabei.

Ärger bekam ich erst, als ich einige Wochen später etwa fünfzig Meter Stacheldraht fein säuberlich aufgewickelt hatte – mit dem Heukehrer. Mein tragbares Musikkassetten-abspielgerät kriegte Treckerverbot, und ich musste versprechen, beim Treckerfahren nicht mehr verliebt zu sein. Was Eltern einem so alles abverlangen...

Bescherung mit Hindernissen

Es ist schon lange her; es war, bevor ich in die Schule kam. Damals lebten meine Großeltern noch. Es war ein nasskalter, ungemütlicher Wintertag, und es war Heiligabend.

Wie immer kamen meine Großeltern schon am frühen Nachmittag; mein Vater hatte sie abgeholt. Oma half beim Saubermachen und Weihnachtsbaumschmücken; Opa zog seine kurzen Gummistiefel an und schaute sich in den Ställen um. Wie immer war er entsetzt, als er die Futtertröge sah. Nie – ganz egal, was man anstellte – waren sie ihm sauber genug. Er schimpfte: „Ji wüd ok ni von schietigen Teller etcn!“ und nahm Schaufel und scharfen Besen und putzte die Tröge so sauber, dass wir unseren Weihnachtsschmaus daraus hätten essen können. Aber soweit war es noch nicht.

Noch lange nicht. Wie immer mussten erst die Schweine und die Kühe versorgt werden. Und das dauerte Heiligabend länger als sonst; denn alle Viechereien bekamen eine weihnachtliche Extraportion – die Kühe eine Klappe Heu, die Schweine viel Einstreu zum Herumtoben, der Hund ein Stück Wurst. Danach bereitete meine Mutter immer das Essen vor; dann wurde ausgiebig gespeist, und erst am allerletzten Ende kam die Bescherung. Bis dahin war es noch ein langer Weg.

Am schlimmsten war die Zeit des späten Nachmittags; während meine Eltern molken, war der Tannenbaum längst fertig geschmückt und der Ofen schon bullerig warm. Das war die Zeit, in der ich zwischen Müdigkeitsattacken und großer Aufgeregtheit hin- und herpendelte und es vor lauter Langeweile nicht aushalten konnte. Immer wieder ging ich in Gedanken den Wunschzettel durch. Was würde ich wohl alles bekommen?

Ungeduldig fläzte ich mich auf dem Teppich herum und machte Turnübungen. Mein großer Bruder hatte mir die Brücke gezeigt, und die übte ich nun. Dummerweise hatte ich vergessen, dass ich noch zwei Stinkbomben in der Hosentasche hatte. Als meine Brücke zusammenstürzte, hörte ich ein Knirschen in meiner Hose, dann wurde es feucht, dann stank es! Mist, die Stinkbomben! Und wie es stank! Mein Bruder regte sich fürchterlich auf und schlug meinen Großeltern vor, mich in die Besenkammer zu sperren, bis der Gestank vorüber sei. Opa aber packte mich und stellte mich zum Auslüften auf die Veranda. Er sagte: „Lat die den Gestank man von Mors wechweihen!“ und lachte.

Also stand ich draußen, und bald fing ich an zu frieren. Ich lief kurz in den Kuhstall – da war es immer warm – und schmuste mit unserem Hund. Ich gab ihm noch eine Extraportion Futter; dann nahm ich ihn zur Feier des Tages mit in die gute Stube – wie jedes Jahr an Heiligabend.

Weiter ging es mit der Warterei. Opa meinte, vielleicht würde das Christkind ja schon bald ans Fenster klopfen. Das konnte ich nicht glauben – doch nicht, bevor das Melken fertig war. Aber ich wollte meinen Großeltern und meinem Bruder einen Streich spielen, schlich mich hinaus und blickte von außen durch die damals noch einfach verglasten Fenster. Oma und Opa tranken Grog; mein Bruder fütterte den Hund mit Keksen.

Ich klopfte an, laut und deutlich, genauso, wie Opa das christkindliche Klopfen beschrieben hatte. Die Scheibe sprang in tausend Stücke; Oma verschluckte sich an ihrem Grog; Opa war zum Glück schon etwas schwerhörig.

Ich heulte wie blöd. Es war nicht nur der Schreck, aber wie hatte ich mir den Streich versaut! Ich schrie vor Wut über mich selbst. Mein Bruder schrie auch: „Wie kann man nur so blöd sein!“ Dann meinte er, nun sei es in unserer Stube schon so wie im zugigen Stall. Also könnten wir noch eine Krippe und ein paar Kälber reinholen und ein Krippenspiel aufführen. Wenn man mich auszöge, gäbe ich sicher ein prima Jesuskind ab. Ich heulte nur noch mehr; ich wollte nicht nackt im Trog liegen.

Oma tröstete mich und drückte mich an ihre Brust. Opa holte einen alten Kartoffelsack und stopfte damit das kaputte Fenster aus. Alles halb so schlimm. Langsam beruhigte ich mich. Weiter ging das Warten.

Endlich kamen meine Eltern rein. Jetzt musste Mutter nur noch das Essen machen und den Hund füttern; wir mussten noch essen, und dann, ja dann kotzte der Hund. Während des Essens, und Mutter war erst mal mit der Reinigung des Teppichs beschäftigt, während Vater den Hund rausschmiss – wie jedes Jahr Heiligabend. „Blöder Köter!" rief er ihm hinterher, und die Bescherung verzögerte sich weiter.

In einer kleinen Ecke hinter dem Tannenbaum hatte ich mir es inzwischen gemütlich gemacht. Bald, ja bald musste es soweit sein...

Die Bescherung fand ohne mich statt. Ich war in meinem Versteck eingeschlafen, selig träumend von all den Sachen, die auf meinem Wunschzettel standen.

Als ich am nächsten Morgen in meinem Bett aufwachte, standen dort in meinem Zimmer ein Spielzeugtrecker und eine Drillkarre. Endlich konnte ich also den neuen, mindestens 40 ha großen Teppichacker in der guten Stube bestellen. Ein Stück Land, wie mein Vater es sich immer gewünscht hatte: quadratisch, eben, kein Hügel, keine Kuhle, kein Stein, kein Baum, kein Knick. Ausgeschlafen, voller Tatendrang und marzipanmümmelnd machte ich mich an die Arbeit – schließlich musste der Winterweizen vor Neujahr in der Erde sein...

Wie King Kacke zu einem besseren Menschen wurde

– Eine Art Weihnachtsmärchen –

Bislang hatte ich recht wenig Kontakt zu Prinzen oder Königen. Gut, im letzten Jahr habe ich Prince Charles von ziemlich weitem gesehen, als er auf einem Ökohof einem Schaf den Kopf tätschelte. Ich war ein bisschen enttäuscht von seinen Ohren, die hatte ich mir viel größer vorgestellt. Nicht schlecht, die Lappen an seinem Schädel, aber auch nicht besser als die von Elfriede Buhmann aus dem Nachbardorf. Was mich allerdings wirklich beeindruckt hat, war die perfekte Harmonie der Grautöne seines Anzugs und seiner Haarpracht – und dieser messerscharfe Scheitel! Cool!

Ansonsten ging mal ein Prinz mit mir in einen Jahrgang, ich glaube, er hieß Prinz Peter von Pommern. Der durfte wegen Entführungsgefahr niemals mit auf die Klassenfotos und wurde zur Tarnung immer in alten Gummistiefeln und zerfetzten Parkas in die Schule geschickt, so dass wir Jungs ihn nur „Prinz Aso von Harlem“ nannten. Heute ist er ein religiöser Eiferer und schreibt für ein Softsexblättchen christliche

Kolumnen. Ich hoffe nur, dass wir daran nicht schuld sind. Wir haben ihn echt nur ein bisschen geärgert, ganz sanft.

Soviel zu den echten Prinzen in meinem Leben. Aber es gibt einen echten König. Das ist ein Bauer aus dem Dorf, und der heißt King Kacke. Eigentlich heißt er Karl-Heinz Callsen, aber jeder nennt ihn King Kacke. Vor etlichen Jahren hatte er nämlich bei der Aktion Sorgenkind eine hübsche Stange Geld gewonnen, und er hatte nichts Besseres zu tun gehabt, als sich für seinen 30-Kuh-Bauernhof einen wirklich riesigen Güllewagen und einen noch riesigeren Schlepper zu kaufen. Sein Güllewagen fasste 25 Kubikmeter stinkenden Inhalts, und der Schlepper dazu hatte 250 PS und war so hoch, dass die Kabine manchmal hinter Wolken verschwunden war. Vorher war Karl-Heinz Callsen ein netter Mensch gewesen; jetzt hieß er überall King Kacke und brauste mit fünfzig Sachen in seinem Güllegeschoss durch den Ort, so dass sich Passanten in die Vorgärten stürzen mussten, um ihr Leben zu retten. Währenddessen saß King Kacke dort oben und lachte, und sein stolzes, kaltes Herz freute sich. Wenn er am Güllefahren war, musste fortan sein Vater – ein wohlerzogener älterer Herr mit einer Vorliebe für rosafarbene Blaumänner, der alsbald auf den Namen Kingdad getauft wurde – an der Brücke, die zu King Kackes Hof führte, Wache schieben; denn die Brücke war nur für eine Gesamtlast von 35 Tonnen zugelassen, und schon ein Kleinwagen, der zugleich mit King Kacke auf die Brücke gefahren wäre, hätte alles zum Einsturz bringen können. Also saß Kingdad an den wenigen Tagen des Jahres, an denen King Kacke Gülle fahren musste, in einem kleinen Verschlag am Rande der Brücke und betätigte den Schlagbaum am Checkpoint Charlie, der ausnahmsweise nach dem alten Spitznamen von Karl-Heinz Callsen benannt war.

Dann lernte King Kacke eine Frau kennen. Nicht, dass er sich verliebt hätte – solche Gefühle waren ihm jedenfalls in Bezug auf Menschen fremd. Er liebte nur seinen Schlepper und seinen Güllewagen. Was ihn an Friederike Johannsen aber reizte, war, dass sie Hoferbin eines Betriebes in einem nahe gelegenen Ort war und außerdem über eine erhebliche Menge Milchquote verfügte. King Kacke plante eine feindliche Übernahme mit freundlichen Mitteln. Er redete mit Engelszungen und schleimte sich ein, und schließlich erhörte sie ihn. Die bevorstehende Hochzeit wurde bekanntgegeben, und im Dorf verbreitete es sich wie ein Lauffeuer: „King Kacke heiratet Queen Quote!" Damit war – bis auf einen Thronfolger – die königliche Familie fast perfekt. Der Verschlag am Checkpoint Charlie wurde abgerissen, durch ein massives Kontrollhäuschen ersetzt und zur Feier des Tages erhielt Kingdad eine rosa Pelzmütze und einen neuen rosa Blaumann, denn von nun an hatte King Kacke 100 Kühe und konnte noch öfter Gülle fahren, wobei er jetzt immer noch mal eine Ehrenrunde durchs Dorf nahm, um seinen Untertanen zu winken.

King Kacke wurde nun noch kälter, hartherziger und hochnäsiger. Bald vertrieb er Queen Quote von seinem Hof. Aufgrund eines ausgeklügelten Ehevertrages konnte er alles behalten und bald Queen Quote die Zwote heiraten, von der er sagte, mit ihr meine er es ernst. Sie hatte einen Hof mit einer halben Million Kilo Quote und siebzig Hektar Land; das passte gut. King Kackes Hof wurde größer und größer, und er freute sich diebisch über jeden Bauern, den er übernehmen konnte. Sein Ziel war es, bald der einzige Bauer im Kreis Plön zu sein; dann würde er auch endlich Kreisbauernverbandsvorsitzender werden.

Schon bald wurde dem jungen Paar ein Sohn geboren, den sie Prinz Paul nannten. Jahre später aber wurde er überall Prinz Proll genannt, weil er jeden verprügelte, der ihn fotografieren wollte, und außerdem zwanghaft gegen jedes Buswartehäuschen, jede Telefonzelle, jeden Pavillon pinkeln musste.

Eines Tages kaufte King Kacke sich einen funkelnagelneuen Radlader mit einer riesigen Schaufel und noch viel größeren Rädern. Von Anfang an liebte er dieses Gefährt. Er vergaß darüber sogar die Liebe zu seinem Schlepper und seinem Güllewagen; das Güllefahren konnte nun Prinz Proll erledigen; King Kacke saß von nun an auf seinem Radlader wie auf einem Thron.

Dann kam ein Winter, ein richtiger Winter. Am 1. Advent fing es an. Es schneite drei Tage und Nächte lang. Die wenigen verbliebenen Bauern wurden vom Bürgermeister aufgerufen, mit ihren Traktoren oder auch Radladern die Straßen zu räumen. Auf dem Wendeplatz bei den Glascontainern an der Autobahnlärmschutzwand sollte all der Schnee abgeladen werden, und der Bürgermeister versprach, nach getaner Arbeit Bockwurst und Glühwein auszugeben. Doch als die Bauern im Dorf ankamen, da stand King Kacke schon da. Von seinem Radlader herab rief er: „Ach, Ihr kleinen Bäuerchen, nehmt eure mickrigen Ackermopeds und fahrt wieder nach Hause! King Kacke erledigt das hier schon! Wozu braucht man euch noch, wenn es doch King Kacke gibt?" Und er gab Gas und schob Schnee.

So fuhren alle nach Hause. King Kacke tat ganz allein seine Arbeit, aß danach ganz allein den großen Bottich Bockwurst und trank ganz allein den noch größeren Bottich Glühwein. Dann fiel er – mitten im Dorfgemeinschaftshaus – vom Stuhl und schlief, wie er noch nie geschlafen hatte, fett und satt und selbstzufrieden.

Als er am nächsten Morgen erwachte, ging er zu dem riesengroßen Haufen Schnee, den er am Tage zuvor mit seinem Radlader aufgeschaufelt hatte. Dort hatte er auch sein Gefährt geparkt, aber als er nun dort ankam, sah er nur noch die gewaltigen Spuren im Schnee. Sein Radlader aber war verschwunden. Er fluchte, er weinte, er schluchzte und schrie, fast wie in einem antiken Drama: „Nehmt meine Schweine und Rinder, meine Frau, meine Kinder, Mist- und Düngerstreuer, dazu den Kreiselheuer, meinetwegen auch den Schwader, aber lasst mir den Lader!!" Es half nichts. Sein Radlader war weg, und niemand hatte ihn verschwinden sehen. Die Polizei war ratlos, und selbst der Feuerwehrhauptmann hatte nichts gemerkt.

King Kacke hatte Liebeskummer. Er war krank vor Sehnsucht nach seinem Radlader. Er war grau im Gesicht. Nachts schlief er schlecht, und wenn, dann hatte er Albträume, in denen er seinen tollen Radlader auf heruntergekommenen östlichen Staatsbetrieben knietief durch Gülle fahren sah. Öl leckte aus undichten Hydraulikleitungen, Reparaturen waren notdürftig mit Draht vorgenommen worden, und King Kacke meinte, im Scheinwerfer seines Laders eine Träne zu sehen. Schweißgebadet wachte er auf...

Die Versicherung weigerte sich zu zahlen, weil das Fahrzeug nicht gefunden worden war, und außerdem hatte King Kacke den Schlüssel stecken lassen. Aber auch das hätte nicht geholfen – King Kacke wollte seinen Radlader, nicht irgendeinen. Ohne ihn hatte King Kackes Leben seinen Sinn verloren. Und eines Nachts, bei Vollmond, stand der König auf seiner Brücke am Checkpoint Charlie und schwor, er würde ein besserer Mensch werden, wenn er nur seinen Lader wieder hätte. Er betete und flehte zum Himmel und bereute all seine Untaten, die kleinen und die großen. Und er gelobte, seine Quote unter den Bauern des Dorfes aufzuteilen und bei ihnen umsonst auszumisten, wäre nur dieser Kummer vorbei.

Am nächsten Tag – vier Tage vor Heiligabend – fing es an zu tauen. Der Schnee wurde grau und schmutzig, und der Schneeberg am Wendeplatz wurde kleiner und kleiner, und plötzlich – am Morgen des Heiligen Abends – guckte ein gelbes Dach aus dem nunmehr kleinen Schneehügel. King Kacke hüpfte vor Freude tagelang durchs Dorf und umarmte und küsste alle Leute, die nicht schnell genug wegliefen. Und er ging und verschenkte seine Kühe, seine Quote und sein Land. Er war sogar lieb zu Queen Quote und massierte ihr stundenlang den Rücken. Fortan fuhr er auf seinem Radlader herum, half, wo er nur helfen konnte, und war allen ein guter Freund. Unter den Bauern des Dorfes war die Freude groß. Das hatten sie prima hingekriegt. Und wenn King Kacke nicht gestorben ist, so fährt er noch heute seinen Lader im Dienste der Bauernschaft, während Prinz Proll überall Gülle fahren muss.

Das fliehende Rind

Oh ja, ich gebe zu: Ich habe an Selbstmord gedacht. Ich stand im schönen ostholsteinischen Dorf Rathlau an einem tiefen Graben und wollte mich kopfüber hineinstürzen und im Schlamm versinken, um all diesem Elend ein Ende zu bereiten. Doch wenn ich schon gehen musste, so wollte ich wenigstens einige dieser schlimmen pubertären Starken mit ins Grab nehmen. Aber gemach, schön der Reihe nach.

Es war ein Samstag im Juli. Nichtsahnend kam ich mit Trecker und Erdbohrer auf dem Hof Rosenkamp am anderen Ende des Kreises Plön an. Ein wunderschönes Fleckchen Erde, in Sichtweite der Ostsee und des Bungsberges gelegen, jenes atemberaubend steilen Gipfels, an dessen Besteigung schon Reinhold Messner gescheitert war. Der Hof gehört meinem Bruder; ich habe die Flächen und den Stall gepachtet; der Mieter des Wohnhauses versorgt – im Sommer auf der Weide, im Winter im Stall – rund zwanzig meiner Jungtiere dort.

An diesem Tag wollte ich eigentlich Zäune reparieren, aber als ich dort ankam, stand nur noch ein fußlahmes Tier auf der Weide; die Frau des Mieters stand neben einem ziemlich neuen Auto, welches ihrem Bruder gehörte, der gerade zu Besuch war. Er sagte: „Guck mal, mein Auto." Ich nickte bewundernd und fragte: „Oh, ist das neu?" Er sagte: „Von dieser Seite ja, aber guck dir mal die andere an. Ich hoffe, du bist gut versichert." Ich ging um den Wagen herum. Die andere Seite gehörte irgendwie nicht so richtig dazu. Die war nämlich schrott.

Was war geschehen? Der Mieter hatte die Tiere auf eine andere Weide treiben wollen. Dazu mussten sie den Hofplatz überqueren. Die Ausgänge des Hofplatzes hatte der Mieter mit Auto, Trecker und Anhänger versperrt. Sein altes, ohnehin verbeultes Auto hatte er ausgerechnet vor jenen Weg gestellt, der zur Straße führte. Die Tiere waren aufgeregt und das Treiben nicht gewohnt. Und just diesen Weg kannten sie schon; sie waren ihn im Frühjahr schon einmal gelaufen, bei ihrem ersten Ausriss. Also hüpften sie, eines nach dem anderen, über den Kofferraum des Autos und liefen den Hohlweg zur Straße entlang; nur das Hinkebein verweigerte dreimal vor dem Hindernis, wurde deshalb disqualifiziert und blieb zurück.

Just in diesem Moment kam der Schwager des Mieters mit seiner Familie den engen Hohlweg gefahren, um seine Schwester zu besuchen. Tja, die Starken quetschten sich alle an der linken Seite seines Autos vorbei, diejenigen, die nicht mehr dazwischen passten, liefen einfach über die linke Hälfte seines Wagens hinweg. Von rechts sah das Auto hinterher noch genauso schnieke und neu aus wie zuvor, aber die linke Seite war total hinüber – Scheinwerfer, beide Kotflügel, beide Türen, Kofferraumhaube, Motorhaube, Windschutzscheibe, Spiegel – alles kaputt. Ein Schaden, der später rund

14.000 DM betragen sollte, aber soweit waren wir noch nicht. Denn die Herde war dadurch keineswegs zum Stehen gebracht worden. Glücklicherweise war bislang niemandem etwas passiert. Aber das konnte sich noch ändern; schließlich zogen die 19 Starken wahrscheinlich gerade marodierend und brandschatzend durch die Gegend.

Sie waren also noch unterwegs, als ich kam. Sie hatten beschlossen, sich zu trennen. Fünf hatten sich auf einer stillgelegten Ackerfläche niedergelassen und fraßen dort ruhig vor sich hin. Dem Rest war das zu langweilig. Sie liefen die Teerstraße entlang zum nächsten Ort. Dort fanden sie eine Weide, dort fanden wir sie; denn inzwischen hatte ich den Rest der Viehsucher und -treiber aufgespürt: den Mieter, seinen Bruder und seine beiden Söhne, die vor Kühen so große Angst hatten.

Zunächst wollten wir die Herde einfach zurücktreiben, aber das war unter ihrer Würde. Immer wieder drehten sie ab und liefen in die falsche Richtung. Irgendwann fiel dann der erste Elektrozaun: das „Zing!" klingt heute noch in meinen Ohren. Es sollte nicht das letzte sein; denn nun hatten sie gelernt, dass solcherlei Kitzeldrähte durch pure Gewalt zum Einsturz gebracht werden konnten. Bald, drei E-Zäune und einen tiefen Graben später, standen die Tiere auf einer Weide mit einer Kuhherde zusammen. Hier stand ich dann, dachte zunächst daran, diese popeligen 14 Tiere dem Bauern zu schenken, dann sah ich den tiefen Graben und mir kam das schöne Wort „Suizid" zum ersten Mal in den Sinn.

Der Bauer kam. Er wollte meine Starken nicht behalten. Undankbar, wie er war, schimpfte er stattdessen mit mir;

dann gingen wir an die Arbeit. Irgendwie schafften wir es, die Tiere voneinander zu trennen. Der Bauer trieb seine Tiere in den Stall, und wir wollten meine Tiere dann gemeinsam auf eine vierfach mit Stacheldraht eingezäunte Weide treiben. Dazu mussten sie einen elektrisch eingezäunten Treibweg entlang laufen, aber Treibwege waren ihnen zu profan. Sie zogen es vor, einmal quer durch Weizen und Gerste zu laufen und dann weiter in Richtung der großen Straße. Da bekam ich ernsthaft Schiss und rannte auf der anderen Seite des Knicks wie Dieter Baumann mit frisch geputzten Zähnen. Ich rannte und rannte, ich hätte mit jedem Äthiopier mithalten können. Ich wollte die Tiere überholen. Es gelang. Völlig fertig, um zwanzig Kilo leichter, stand ich plötzlich vor dieser Herde, nachdem ich den Knick durchquert hatte, der, wie ich feststellen musste, hauptsächlich aus Dornenbüschen bestand.

In einer ruhigen Minute standen wir dort, sie nicht weniger schlapp als ich, von Angesicht zu Angesicht. Fast meditativ tropfte Blut von mir herab. Beruhigend sprach ich auf die Tiere ein. Das mögen pubertierende Teenies scheinbar überhaupt nicht. Genauer gesagt: Sie konnten mein Gelaber nicht ertragen. Sie drehten sich um und rannten wieder los, quer durch den Weizen. Vorher hatte der mal gut gestanden.

An der nächsten Feldausfahrt trennten sie sich abermals. Drei stiegen über einen Knick, liefen durch einen Graben und hauten ab. Der Rest rannte zurück und ging wie von selbst auf die massiv eingezäunte Weide. Der Bauer von vorhin, der sich inzwischen beruhigt hatte und jetzt ganz nett war, hatte solange an seinem Feld gewartet. Er schloss das

Hecktor, während ich, von Selbstmordgedanken gequält und von wilder Mordlust heimgesucht, den verschwundenen drei Musketieren nachstellte.

Nur zwei von ihnen fand ich wieder. Sie hatten sich im Schilfgürtel eines Teiches versteckt; nur die Ohren guckten raus, was mir als erfahrenem Viehfänger und Großwildjäger natürlich nicht verborgen blieb.

Langsam kam ich näher. Ganz ruhig verhielt ich mich, ganz ruhig sprach ich mit ihnen. Wenn ich sie killen wollte, musste ich behutsam und vorsichtig sein. Die beiden hatten ein Einsehen. Sie ließen sich tatsächlich ein Stück treiben und liefen vor mir her, in der gottlob tierisch breiten Pflegespur des fetten Weizens des benachbarten Grafen, den wir jetzt durchquerten. Hier hätte man prima picknicken können oder ein Bett im Kornfeld finden. Jedenfalls kam ich auf andere Gedanken und etwas zur Ruhe, während ich hinter den beiden dampfenden Starken herlief. Die habe ich im Sack, dachte ich, als plötzlich – bibäbu, bibäbu – mein Mobiltelefon klingelte. Die Ohren spitzten sich, und zack, rannten die Tiere wieder los. Ich ging ran. Mein Vater war dran. „Na, hast du die Flüchtigen wieder?“, fragte er. „Gehabt!“ schrie ich und schmiss das olle piepende Mistding weit hinein in den Weizen, wo es hoffentlich bald von den riesigen Reifen des Mähdreschers zerquetscht wurde. Kosten ja nix, die Scheißdinger. Und wahrscheinlich, so dachte ich plötzlich, wird es gar nicht breitgefahren. Jedenfalls fand ich die Vorstellung, die fiesen Wellen des Mobiltelefons könnten die Funktion des satellitenmistgestützten Hightech-Mähdreschers stören, ganz angenehm. Vielleicht würde sich beim

Dreschen das Schneidwerk in den Boden bohren, der Getreideauslaufrüssel sich wie betrunken im Kreis drehen – und der Landarbeiter oben auf der Maschine sich von ganzem Herzen seinen alten Analog-Mähdrescher zurückwünschen…

Doch zurück zu meiner Geschichte. Inzwischen hatten die beiden fliehenden Rinder eine Weide mit anderen Starken gesehen und sich – Zing! Zing! Zing! – dazugesellt.

Ich machte mich daran, den Zaun zu reparieren. Und fasste den Plan, am nächsten Tag mit vielen, vielen Freunden und Bekannten zurückzukommen, um die Tiere heimzubringen. Die letzte Abtrünnige blieb vorerst verschwunden, die fünf, die sich anfangs auf der Stillegung stillgelegt hatten, ließen sich brav heimtreiben. Ich wurde allmählich müde. Die Anabolika hörten wohl auf zu wirken.

Auf der Heimfahrt beschloss ich, alle Kühe zu verkaufen und fortan nur noch Hühner in engen Käfigen zu halten, die niemals auch nur einen Schritt aus ihrem Drahtverhau herauskommen würden. Und während ich hinter dem Steuer meines Treckers mit dem Schlaf kämpfte, schwor ich feierlich, dass niemals wieder Tageslicht auf eines meiner Tiere fallen sollte. Lieber wollte ich Grottenolme züchten.

So versumpft, verschwitzt und stinkend wie ich war, kehrte ich auf dem Rückweg bei einer Feier ein, zu der ich eingeladen war. Die Liebste erwartete mich dort. Sie fragte, warum ich nicht an das tragbare Telefon gegangen sei. Ich stammelte irgendwas und erzählte meine Geschichte. Sie nahm mich tröstend in die Arme. Als ich mich ausgeheult hatte, verbreitete ich noch etwas Kuh- und Schweißgeruch und fragte einige Freunde, ob sie mir am nächsten Morgen helfen wollten. Toll, wie viele bereit waren mitzukommen.

Als wir am frühen Sonntagvormittag mit zwei Treckern plus Viehanhängern, einem PKW und einem Kleinbus losfuhren, war es fast wie bei einem Ausflug, und im Bus war eine Stimmung wie bei einer Vatertagstour. Eine anschließende Verkaufsveranstaltung hätte auch gut ins Bild gepasst.

In Rathlau war übrigens inzwischen das ganze Dorf auf den Beinen. Die dort ansässigen Bauern und Nachbarn halfen alle mit. Zeitungsreporter bevölkerten die Straßen; Kamerateams der privaten Idiotensender flogen in Hubschraubern übers Feld, und entlang der Dorfstraße wurden Eis- und Würstchenbuden aufgemacht.

Die pickligen Pubertätsviecher standen – schon wieder reichlich aufgeregt – im Pulk in einer Ecke der Koppel. Am Ausgang der Weide der elf Wilden postierten wir zwei Viehanhänger mit heruntergelassenen Klappen; hinter dem Draht stellten wir zur Abschreckung überall Leute auf, so dass die Tiere nicht versuchen sollten, über den Zaun zu springen.

Beim ersten Versuch rannten die Tiere im Pulk los, drehten jedoch kurz vor den Viehhängern ab und stürmten auf den Draht zu. Die erste wollte über den vierfachen Stacheldraht springen, die anderen stellten sich hinten an. Auf der anderen Seite stand Christoph, der tollste aller Nachbarn. Die Vorderbeine des Tieres waren schon über dem Draht, und da standen sie, Nase an Flotzmaul, Glatze an Hornstummel, Auge in Auge. Ganz ruhig sagte Christoph: „Hau ab!“ Und die Starke machte kehrt.

Ein zweiter Versuch. Alle rannten in die Ecke, wir Treiber langsam hinterher. Und es klappte. Nachdem die erste auf einen der Viehanhänger gesprungen war, liefen alle anderen hinterher. Wir machten die Klappen zu, und ein Schrei des Triumphes entrang sich meinem Innersten. Das Publikum applaudierte, die Liveübertragungen der Deppensender machten Werbepause, und wir kümmerten uns um die restlichen Tiere.

Die zwei auf der anderen Weide waren zäher. Nur eine ließ sich ziemlich problemlos einfangen, die andere – Zing! Zing! – stellte sich bei einem weiteren Bauern zwischen die Milchkühe. Von dort aus trieben wir sie mit den Kühen – die uns blöde anglotzten: um 1 Uhr schon Melkzeit? – in den Kuhstall, wo wir ihr mit Freuden eine Betäubungsspritze in den Hintern jagten und ebenfalls aufluden, kurz bevor sie in süßen Schlummer fiel.

Fehlte noch die letzte. Frühmorgens war sie im Ort gesehen worden, aber dann wieder untergetaucht. Vor meiner Abfahrt konnte ich, mich direkt an sie wendend, in eines der Quatschdeppensendungsmikrophone schluchzen: „Oh, Starki, ich liebe dich und vermisse dich so! Wo immer du steckst, bitte melde dich!“

Am nächsten Tag ein Anruf. Sie war tatsächlich wieder aufgetaucht. Sie hatte sich auf einem Knick den Fuß eingeklemmt. Der nette Bauer von vorhin hatte sie dann kurzerhand an einen Baumstamm angebunden. Ich also wieder hin. Da war es dann vorbei mit der „Bitte-melde-dich“Süßholzraspelei. Ich hatte eine solche Wut auf dieses Vieh, dass ich ihr den Rest des Betäubungsmittelkanisters in den Schinken knallte. Immerhin war es keine lethale Dosis. Aber leider musste ich dieses Tier wieder mit nach Hause nehmen, an das andere Ende des Kreises Plön. Es war gerade noch auf den Hänger zu kriegen, dann schlief es einen geschlagenen Tag lang friedlich und still vor sich hin.

Nun hatte ich sie also alle wieder. Und hatte sie auch gleich wieder auf die Weide gebracht; sie waren zahm wie die Lämmer, hatten auch keinen Bock mehr auf Stress. Schließlich ist es auch nach einer schönen Reise immer toll, wieder heimzukommen. Und meine fiesen Verwünschungen hatte ich inzwischen ebenso wieder vergessen wie meine Käfighaltungsschwüre.

Was bleibt? Das Wissen um die Notwendigkeit einer Haftpflichtversicherung, die auch zahlt, wenn gezahlt werden muss (Nein, ich werde den Namen der Gesellschaft nicht nennen, obwohl der Vertreter es sich doch so gewünscht hat, aber alles hat seine Grenzen. Ich bin doch nicht käuflich! Und er hat mir noch nicht mal Geld angeboten!). Was bleibt noch? Die Einsicht, dass es nicht schaden kann, sich bei etwas wilderen Weidestarken regelmäßig mit einem Eimer lecker Schrot einzuschleimen; die Freude über die Hilfsbereitschaft vieler Nachbarn, Freunde und der Rathlauer Bauern, sowie eine abendfüllende dramatische Geschichte. Die Filmrechte sind bereits verkauft, Harrison Ford soll die Hauptrolle spielen. „Indiana Jones III – Die Jäger der verlorenen Kühe“. Ach ja, eines bleibt noch: gelegentliche Albträume vom fliehenden Rind. Oder von diebisch grinsenden fliehenden Rinderherden.

Nachschrift

Zwei Jahre später sind fast alle diese Tiere erfolgreich in meine Milchviehherde integriert, ohne dass sie ständig ausbrechen. Nur eine habe ich verkauft. Ich glaube, sie war die Anstifterin allen Übels. Als sie im Jahr nach dem denkwürdigen Ausbruch auf der Weide gekalbt hatte, hatten wir ihr Kalb geschnappt und wollten sie mit dem Kalb in unseren stabilen, aus Eisenbahnschwellen errichteten Fanghagen treiben. Doch da war der Spaß vorbei. Sie ging, als sie den Braten roch, auf uns los, hüpfte über drei Zäune, um dann in einen tiefen Graben zu fallen, aus dem sie nicht wieder rauskam. Zumindest konnte sie jetzt nicht mehr weg. Aber als ich ihr eine Kette um den Hals legen wollte, um sie mit dem Trecker aus dem Graben zu ziehen, gefiel es ihr, mich zum Schlammcatchen zu sich in den Graben einzuladen. Irgendwie schaffte ich es aber trotzdem. Die zwei unteren Drähte gelöst, und mein Vater zog sie mit dem Trecker raus. Draußen angekommen stand sie sofort auf, senkte den Kopf und ging auf mich los. Zum Glück war die Kette stramm, bevor sie mich erreichte, und riss sie von den Beinen. Doch sie sprang wieder auf, und das Schauspiel wiederholte sich volle zwölf Mal, bevor sie liegenblieb. Irgendwie kriegten wir sie auf den Hänger, irgendwie stellten wir sie in den Anbindestall. Dort war sie das liebste Tier, solange sie angebunden war. Einmal war sie lose, und nur mit knapper Not kriegten wir sie wieder fest. Am nächsten Tag kam der Schlachter. Als sich die Klappe des Lasters hinter ihr schloss, freute ich mich. Ich war noch einmal mit dem Leben davongekommen. Sie nicht.

Werbepause: Mein Freund der Baum

Wir haben nicht viele freistehende Bäume auf unserem Land. Knicks und Hecken, ja, und vergessene Holunderbüsche, die sich ausbreiten wie die Pest. Aber richtige, freistehende, einzelne Bäume, so ganz echt, mit Stamm, Ästen, Blättern – davon haben wir nur einen, nämlich Hein. Hein Buche. Denn es handelt sich um eine Hainbuche, und ich nenne sie bzw. ihn beim Vornamen.

Hein steht ganz allein auf unserem Berg hinterm Hof, naja, auf der kleinen Erhebung eben. Majestätisch steht er da, formvollendet, irgendwie auch stolz. Er hat den schönsten Platz des Hofes; zur einen Seite einen wunderbaren Blick übers Moor, zur anderen Seite den Überblick über den See, das Dorf und die verfluchte Autobahn.

Ich liebe diesen Platz. In Heins Ästen zu sitzen, den Blick übers Moor schweifen lassen, das Spiel der Blätter im Licht der Sonne, die Autobahn nur als fernes Rauschen fast wie vom Meer – nun ja, das sind die Momente, über die ich zwar gelegentlich schreibe, die zu erleben ich aber vermisse und vielleicht sogar verlernt habe. Das Verschwinden der Muße und das Verlernen des wunderbaren Müßiggangs wäre ein Thema für sich. Immerzu muss ich etwas zu tun haben – und schlimmer noch: immerzu habe ich etwas zu tun, und wenn ich nichts tue, habe ich ein schlechtes Gewissen und kann die Mußezeit nicht genießen, erst nach Feierabend, und dann bin ich müde und schlafe ein, auf der Stelle.

Dabei war ich mal ein großer Müßiggänger, ein Bäumeumarmer sogar; denn es gab eine Zeit, da war ich mit der Plöner Kreismeisterin im Bäumeumarmen zusammen. Das war eine echte Leidenschaft mit dem Bäumeumarmen; man mag es kaum glauben. Zuerst allerdings umarmten wir uns selbst; sie tröstete mich, als ich beim Abschlussball meiner Schule Stress mit meinen Eltern hatte, weil ich mir die Haare nicht kämmen wollte. So standen wir auf der Plöner Schlosstreppe; sie hatte nur ein echt dünnes kurzes Kleid an und ich musste etwas auf Abstand gehen, aber sie drückte sich trotzdem an mich. Sie roch so gut und alles, es war wundervoll.

Den Sommer danach wandelten wir durch alle Wälder, umarmten uns, umarmten Bäume, schwammen und ließen uns von Mücken zerstechen, nackt, im Wald, am See. Mein Mückenstichrekord liegt seitdem bei 63, und sie waren – und stachen – überall. Unser Lieblingsplatz war eine Stelle im Wald, wo eine Buche und eine Hainbuche umeinander herum gewachsen waren. Sie standen da, engumschlungen, und umarmten einander, und wir standen da, engumschlungen, und umarmten einander und die sich umarmenden Bäume, bis uns vor lauter Umarmungen ganz schwindlig war. Dann legten wir uns hin und – klar – umarmten uns und ließen uns weiter von den Mücken zerstechen.

Doch selbst der schönste Sommer hat ein Ende; die Mücken wurden träge und stürzten ab oder wurden weggeklatscht. Wir hatten alle Bäume im Kreis umarmt; deshalb ging sie fort, als Au-pair nach London. London ist eine große Stadt mit vielen Parks und noch mehr Bäumen. Sie sollte sich nicht langweilen, während ich in Deutschland blieb...

Als ich sie zu Weihnachten dort besuchte, war die Magie fort. Wir latschten durch die Parks, fütterten die fetten englischen Eichhörnchen, die beim Bäumeklettern immer die Äste abbrachen, und verbrachten den halben ersten Weihnachtstag auf einer alten Eiche im Hampstead Heath, um ihre Äste zu umarmen. Zum ersten Mal kam ich mir blöd vor dabei. Außerdem fror ich mir fast die Füße ab und lag den Rest der Zeit krank im Bett.

Das war es dann gewesen mit der Bäumeumarmerei und der Bäumeumarmerin; ich versuchte es später noch mal, alleine, ich ging zu Hein Buche und umarmte ihn, doch mein Vater hatte vorher Gülle gefahren und war nicht weit genug von ihm weggeblieben. Mein erstes Bäume-Bodypainting, extravagant parfümiert noch dazu!

Seitdem bin ich vorsichtig, was das Bäumeumarmen angeht. Jedenfalls schau ich mir die Bäume vorher genau an. Hein Buche habe ich trotzdem lieb. Zwei, drei Mal im Jahr steige ich vom Trecker runter, wenn ich an ihm vorbeifahre, gehe hin, markiere mein Revier und befühle seine Rinde mit den Resten angetrockneter Gülle.

Er ist mehr als einfach nur ein Baum. Er war dort, als ich geboren wurde; er wird wahrscheinlich dort sein, wenn ich längst Humus bin. An den schlimmsten Tagen steht er genauso da wie an den allerbesten; er residiert dort oben, wacht, beobachtet, und manchmal wackeln seine Äste spöttisch. Mein Freund der Baum. Den zweiten Vers lasse ich weg. Hein stirbt nicht. Solange er die Gülle ab kann.

Einst, vor ungefähr fünfzig Jahren, lag ich in seinem Schatten und lernte fürs Abitur. Vielleicht sollte ich mir die Bauernstimme schnappen und sie mal dort oben lesen. Oder einfach nur dort liegen und in die Blätter vor dem Himmel gucken. Ja, das sollte ich tun. Aber nicht ohne die Bauernstimme. Und klar, nicht ohne die Liebste natürlich.

Gerda und Jacob

Es war der Sommer mit der Bäumeumarmerin. Zwischen meinen Lehrjahren hatte ich eine Woche frei. Wir wollten etwas Gemeinsames unternehmen, wollten woanders hin. Es sollte Ausland sein, und das nächste Ausland ist Dänemark. Wir wollten an die Westküste, in der Nordsee baden, in den Dünen schlafen, unter freiem Himmel, im Schlafsack. Zwischendurch vielleicht ein paar dänische Bäume umarmen, auch das.

Zuerst jedoch fragte ich meine Eltern, ob wir für die Zeit der Reise die Autos tauschen könnten, denn ihr Golf war neu und meiner alt, und ich befürchtete, er würde unterwegs den Geist aufgeben. „Meinetwegen", grummelte mein Vater nach einiger Überlegung, „aber mit dem Ding da fahr ich nicht!" Und er zeigte auf die Kofferraumklappe meiner Schrottkarre, auf den Aufkleber mit der Aufschrift „Bauernhöfe statt Agrarfabiken!" Herausfordernd blickte er mich an. Offensichtlich hatte er Lust auf eine Grundsatzdebatte, hatte wohl gerade nichts zu tun. Das fehlte mir noch. Ich dachte an sie, an unsere Zeit, an die vielen noch unumarmten Bäume und an den klugen Spruch eines bekannten wildgelockten Altachtundsechzigers, der mal gesagt hatte, für eine Frau dürfe man sogar die Revolution verraten.

„Na gut“, sagte ich kleinlaut, holte mir schwarzes Klebeband und verhüllte den Aufkleber mit schwarzen Streifen. Mein Herz blutete dabei, aber was tut man nicht alles für die Liebe. Und schließlich war es nur für ein paar Tage... Außerdem bringen einen Grundsatzdiskussionen mit den Alten ohnehin niemals weiter – sie werden noch glauben, dass sie recht haben, wenn man sie schon tausendmal widerlegt hat, also, was soll's?

So dachte ich und klebte, dann packte ich meinen Rucksack mit ein paar Klamotten und Kassetten für die Fahrt, machte an der alten Dieselpumpe noch ein wenig Bizepstraining, und los ging's.

Bald saß sie neben mir. Das Auto stank in der Sonne fürchterlich nach Kuh, aber die Fenster waren geöffnet; der Fahrtwind knatterte in den Ohren. Wir hörten Musik, wir sangen mit, laut und falsch; es war wunderbar. Der Weg nach Norden war breit; die Sonne schien; was wollten wir mehr?

Bald waren wir in Dänemark. Die Acker staubten; es roch nach Schwein; die Windräder drehten sich. Die Nerzfarmen hatten hohe Zäune, und am Horizont türmten sich hohe, schwarze Wolken.

Wir kamen näher an die Küste; Salz und Fisch lagen in der Luft. Es dunkelte schon, als wir ein militärisches Sperrgebiet durchfuhren; überall gab es kleine, verlassene Gehöfte, deren Fenster zugemauert und nur aufgemalt waren. Irgendwann gelangten wir ans Meer.

Als wir über die Dünen auf die Wellen guckten, war es wie ein neuer Blick auf die Welt. Wie anders war doch die Nordsee, wie viel wilder als das müde Geplätscher der Ostsee! Wir rannten los, rissen unsere Klamotten vom Leib, sprangen hinein, ließen uns umschubsen von der Brandung, wieder und wieder. Lauthals sang ich Beach-Boys-Songs, im Falsett, so saugut ging es mir.

Inzwischen aber war die Wolkenwand herangezogen. Es begann zu regnen, ach was, Regen ist kein Ausdruck dafür. Die Welt wurde geflutet, von oben, und es war kein Schauer, es hörte nicht auf. Wir waren noch nass vom Meer, aber unsere Handtücher, unsere Rucksäcke, unsere Schuhe – alles wurde pitschenass.

Wir packten unsere Sachen und liefen zum Auto. Hier war es trocken und warm. Schnell waren alle Scheiben bis zu Undurchdringlichkeit beschlagen; keiner konnte hineinblicken. Bei dem Wetter lief eh keiner draußen rum. Zuerst wussten wir nicht, was zu tun war. Dann küssten wir uns, und schnell verging die Zeit.

Irgendwann fassten wir den Entschluss, einen Bauernhof zu suchen und nach einer Lagermöglichkeit im Stroh zu fragen. Wir wischten die Scheiben und fuhren los, aber wir fanden nur die Höfe mit den blinden Fenstern, militärische Warntafeln davor.

Doch dann: ein Hof, ein offensichtlich bewohntes Haus, ein Licht, das gemütlich nach draußen schien.

Es regnete immer noch. Wir stiegen aus und waren nass. Wie begossene Pudel standen wir vor der Tür und klopften. Ein älterer Mann öffnete und blickte uns fragend an. „Do you speak English? Deutsch?“ Er schüttelte den Kopf, aber er packte unsere Hände und zog uns zu sich in den Flur. Er deutete auf den Himmel und lächelte.

Ich versuchte, ein Gespräch zu führen. Ich deutete auf sie: „Anja“, dann auf mich „Matthias“, „schlafen“, ich legte den Kopf schräg auf beide Hände, „im Stroh, straw“. Er lächelte und schüttelte den Kopf. Dann rief er: „Gerda!“

Es kam eine ältere Frau mit einem rundlichen Gesicht. Die beiden redeten leise, dann blickte Gerda mich an. Ich wiederholte mein Sprüchlein. Da nahm Gerda Anjas Hand und bedeutete uns mitzukommen.

Sie führte uns in ein unbewohntes Zimmer, ein Kinderzimmer. An den Wänden hingen Poster von Abba und den Bay City Rollers, in den Regalen viel, viel Nippes. Gerda erzählte etwas, Jacob – inzwischen hatte er sich vorgestellt – nickte dazu. Irgendetwas war mit der Tochter oder dem Sohn, der oder die hier einst gewohnt hatte. Anja meinte, er oder sie sei tot, ich hingegen meinte verstanden zu haben, er oder sie sei fortgegangen in die Stadt.

Wie auch immer, Gerda machte uns ein Bett, und Jacob buk heiße Wecken auf und kochte Kaffee.

Es war wie im Paradies. Von diesen Leuten ging solch eine Wärme aus, dass Anja und ich uns anblickten und fast vor Rührung heulten. Da stand ich dann und meinte, etwas sagen zu müssen. Ich stieß hervor: „I'm a farmer!“ Und Jacob guckte.

Und dann redete er. Auf Dänisch, etwas anderes konnte er nicht. Ich antwortete auf Deutsch oder Englisch. Und als jemand nicht verstand, holte Gerda ein Blatt Papier, und wir malten es auf. Wie viele Kühe, wie viel Milch, welche Getreidearten, all das besprachen wir bei Kaffee und heißen Wecken, bis wir müde wurden.

Jacob gähnte als erster, aber wir waren auch müde, und so schlichen wir ins Kinderzimmer, wo es doch noch lange dauerte, bis wir einschliefen, denn der Regen hämmerte aufs Dachfenster, und wir liebten uns, während die vier von Abba – zwei hässliche Männer und zwei hübsche Frauen – vom Poster an der Wand milde auf uns herablächelten. Der Regen war laut und heftig; wir waren froh, es trocken und gemütlich zu haben. Irgendwann träumten wir uns davon.

Am frühen Morgen hörte ich die Melkmaschine. Zuerst überlegte ich, mit aufzustehen, aber im Bett war es einfach zu schön.

Später weckte Gerda uns. Der Duft frischen Kaffees wehte durchs Haus. Wir frühstückten die leckersten Sachen, dann wollte Jacob uns noch seinen Hof zeigen. Er hatte Jersey-Kühe, klein und drahtig. Anschließend lud er uns ins Auto und fuhr mit uns über die Felder. Seine Sommergerste wehte im Wind, und zu seiner Grüppenfräse sagte er: „Best meschin on farm!"

Als wir wieder auf dem Hof ankamen, sahen wir, dass in Jacobs Halle noch einige Fuder Heu standen. Ich machte ihm klar, dass wir beim Abladen helfen könnten, und er lächelte froh. Also gingen wir an die Arbeit. Nachdem dies getan war, verabschiedeten wir uns in dem Bewusstsein, etwas ganz Besonderes erlebt zu haben. Als wir vom Hof fuhren, standen Jacob und Gerda Hand in Hand in der Tür und winkten.

Der Regen war vorbei; eine Nacht wollten wir noch in den Dünen schlafen. Wir fuhren zum Meer. Alles war wunderbar, bis zum nächsten Morgen. Da fiel wieder Wasser vom Himmel. Diesmal wurde alles nass, alle Klamotten, alle Decken, alle Schlafsäcke.

Im Auto angekommen, entschieden wir, nun wieder heimzufahren. Anja saß in Unterhose und meiner alten Jacke im Auto, ich in Badehose und einem zerrissenen alten Unterhemd mit dem Anarchie-A, welches als Lappen in der Werkzeugtasche lag, die ich bei der Abfahrt noch schnell eingepackt hatte. Ich fuhr barfuss. Wir hörten Musik, Velvet Underground. Es fühlte sich gut an.

Die liberalen dänischen Grenzer guckten amüsiert, als wir die Pässe zeigten. Die deutschen guckten gar nicht. Wir waren also wieder in heimischen Gefilden. Ich drehte die Musik wieder laut. Nach wenigen Kilometern wurden wir von der Autobahn gewunken. Großkontrolle! Ich hielt an, drehte die Scheibe runter.

„Guten Tag, Verkehrskontrolle, Führerschein und Fahrzeugpapiere bitte!“ Er rümpfte die Nase. Das hatte noch gefehlt. Ich gab ihm den Fahrzeugschein – „Das Auto gehört meinen Eltern“ – und meinen Führerschein. Auf dem Foto war ich allerdings nicht zu erkennen; denn der Führerschein hatte einmal in der Kunstledersteckdtasche unseres kleinen Fendt gelegen und war nassgeregnet. Die Nieten, welche das Foto im Führerschein befestigten, waren verrostet; der Rost war quer über das Foto verlaufen. Mein Hals war zu sehen, ebenso mein Scheitel, dazwischen Rost.

„Das sind Sie?“ Halb amüsiert, halb genervt guckte der Wachtmeister. „Bitte aussteigen. Alle beide.“ Und wir entstiegen dem Auto, halbnackt, ich mit meinem schönen Anarchie-Unterhemd. „Hören Sie, Herr Wachtmeister, ich kann Ihnen alles erklären. Es ist so, wir waren in Dänemark am Strand…“ „Haben Sie getrunken oder Drogen genommen?“ – „Nein, wieso?“ – „Sind Sie Mitglied einer terroristischen Vereinigung?“

Wir wurden verhört. Es dauerte länger. Inzwischen hatte Anja unsere Sachen zum Trocknen über dem Auto ausgebreitet.

Als wir endlich weiter durften, war der Tag halb vorbei. „Und wehe, wir erwischen Sie noch einmal beim Nackigfahren!“ lachte der Wachtmeister. „Gute Fahrt! Und besorgen Sie sich einen neuen Führerschein!“

Erst als wir zuhause ankamen, fiel uns auf, dass wir nicht einen dänischen Baum umarmt hatten. Wir würden noch mal fahren müssen.

Die freien Tage aber waren vorbei. Am nächsten Tag begann das zweite Lehrjahr. Mit viel Mühe pulte ich das schwarze Klebeband von meinem Aufkleber. Das hatte ich mir einfacher vorgestellt. Doch was tut man nicht alles für die Liebe!

Eine Liebesgeschichte

Sie war schwarz, tiefschwarz mit einem bläulichen Schimmer, wie eine mondlose Nacht. Ihr Fell glänzte wie sonst nur das der dämlichen Köter in der Hundefutterwerbung. Ihre großen, vollendet halbrunden Hörner verliehen ihr einen majestätischen Ausdruck, sie schmückten ihren edlen, schlanken Kopf wie eine Krone.

Die einzige weiße Stelle ihres Haarkleides war die Blesse auf ihrer Stirn, welche die Form Südamerikas besaß, wobei sich in topographischer Verirrung an Feuerland noch ein keck hochgeschwungenes Neuseeland anschloss. Dort, wo an dessen Nordspitze diese letzten weißen Haare in einem Wirbel endeten, genoss sie mein Streicheln am meisten.

Sie hatte lange elegante Beine und dunkle, zierliche Klauen. Niemals humpelte sie; immer war sie voller Anmut. Wenn sie sich bewegte, hörten die Vögel vor Ehrfurcht auf zu singen. Die Muskeln spielten geschmeidig unter ihrer Haut. Selbst wenn sie lief, schwabbelte das Euter nicht, sondern saß straff und formvollendet an seinem Platz.

Unter Tausenden von Kühen hätte ich sie erkannt. Sie war einfach perfekt; sie anzuschauen hieß, sich einem besonderen ästhetischen Genuss hinzugeben.

Hinzu kam, dass sie außerordentlich zutraulich war. Sie genoss jedes Streicheln und Klopfen – das konnte sehr ärgerlich sein; denn sie ließ sich schlicht nicht treiben. Sogar einen heftigen Klaps, verbunden mit lauten Hüterufen oder wilden Fußtritten, schien sie für eine Liebkosung zu halten.

Ich war dreizehn, fast vierzehn, und als meine zweibeinige Freundin Schluss mit mir gemacht hatte – ich sei zu langweilig, stinke ständig nach Kuh und außerdem habe Dieter ein tolles Mofa, auf dem er sie fahren lasse – ging ich zu ihr, meiner Schmusekuh. Sie lag auf der Weide; ich setzte mich daneben. Ihre großen Augen glotzten teilnahmsvoll. Ein aufmunterndes Rülpsen reichte, um mich fröhlicher zu stimmen. Ich bettete meinen Kopf auf ihrem Rumpf und lauschte den beruhigenden Pansengeräuschen. Tröstend käute sie wieder.

Wie gesagt, sie war perfekt. Hätte sie Quote gehabt, ich hätte sie glatt geheiratet. Nur zwei Fehler hatte sie, unwesentliche in meinen Augen: Sie gab wenig Milch und – für mich ein Zeichen ihrer Treue – wurde nicht trächtig. Trotzdem hatte ich schon Pläne, für sie ein großes Katzenklo in mein Zimmer zu bauen.

Eines Tages kam ich aus der Schule. Mein Vater nahm mich beiseite, druckste herum und faselte etwas davon, dass ich tapfer sein müsse.

Sie war weg, weg und ich war wieder allein, allein. Einige Tage später brachte der Schlachter ihren Schädel mitsamt der Hörner vorbei, wie eine Trophäe auf ein Stück Holz genagelt. Ich fand es geschmacklos, aber noch heute ziert ihr

Totenkopf unseren Kuhstall, wohl, um böse Geister zu verscheuchen.

Niemals wieder ist mir eine wie sie begegnet. Heute geben sie Milch und kriegen Kälber, aber ansonsten fressen und glotzen sie bloß.

Dennoch habe ich mein Glück gefunden. Es hat lange gedauert, aber irgendwann lief mir dann die Liebste über den Weg. Schwein gehabt!

Zwischen Bullerbü und Bronx

Es ist Sonntag, ein Sommernachmittag. Der Weizen ist noch nicht reif. Es ist zwar noch einiges zu tun auf dem Hof, aber mir steht der Sinn danach, ein wenig über die Geschwisterliebe zu meditieren. Doch seit ich vor einer Stunde begonnen habe, dieses Blatt zu beschreiben, kamen ungefähr zehn Kinder (wir haben derer fünf, aber eines kann nicht kommen, weil es gerade Mittagsschlaf macht), um sich über Streit mit ihren Geschwistern zu beschweren. Und eines rief nach mir, weil ich ihm den Po abputzen sollte. Höhepunkt der ruhelosen Stunde hier in der Küche waren Mandy und Cindy (Namen geändert), die angestürmt kamen. Mandy schrie: „Cindy hat mir in den Zeh gebissen!“ Und Cindy rief: „Aber Mandy hat angefangen. Sie hat mir ins Gesicht getreten, und ich hatte zufällig gerade den Mund auf!“

Ich machte es wie immer. Ich sagte: „Lasst mich damit in Ruhe. Ich misch mich nur ein, wenn es um Leib und Leben geht!“ Und schon zogen die beiden von dannen, angestrengt überlegend, wie sie mich wohl aus der Reserve locken könnten. Plötzlich wieder ein Herz und eine Seele. Wie in Bullerbü. Die Kinder dort streiten nie, sie necken sich höchstens ein bisschen und maulen ein wenig, aber meist spielen sie friedlich miteinander.

Gewiss, solche Szenen gibt es auch bei uns, aber ich als genervter Vater vergesse es immer nur zu schnell, wie schön die Kinder manchmal im Sommer stundenlang Schneckenwettrennen spielen, bis die schleimigen Viecher in der Sonne krosch gebrutzelt sind. Und wenn ich das sehe und gerade: „Ach, wie wunderbar ist das Familienleben!“ denken will, da streiten sie sich, bewerfen sich mit den Rennschnecken und mit Schimpfwörtern, die in der Lage sind, normale, durchschnittliche Mitteleuropäer den sofortigen Herztod sterben zu lassen. Wie in der Bronx. Da war ich zwar noch nie, aber so stelle ich es mir vor.

Dann denke ich: „Oje, das muss ich jetzt noch mindestens fünfzehn Jahre lang ertragen!“ und will zum Güllepott gehen, um mich zu ertränken, natürlich nicht wirklich, denn zack! ist wieder Bullerbü und alles ist Friede, Freude, Eierkuchen.

Und es ist ja nicht so, dass das irgend etwas Neues wäre. Jedes Elternpaar kann wunderbar blutrünstige Geschichten über die Streitigkeiten seiner Kinder erzählen, die sich nicht wesentlich von dem unterscheiden, was wir zu berichten wissen. Denn die Bronx ist überall, ebenso wie Bullerbü.

Und auch früher war es nicht anders. Als mein Bruder und ich uns noch stritten, waren wir genauso, fürchte ich. Meine Kindheitserinnerungen sind eindeutig von Kämpfen mit meinem Bruder geprägt. In meiner Rückschau stehe ich natürlich für Bullerbü und Udo für Bronx, aber in echt waren wir beide beides.

Unser Streit – täglich mindestens zweimal – lief immer nach dem gleichen Schema ab. Ich nervte (das konnte ich gut!), Udo zog mir eine. Ich lief flennend zu meinen Eltern, die Udo ausschimpften, weil von ihm – der fast fünf Jahre älter ist – erwartet wurde, mich pfleglich zu behandeln, mich jedenfalls nicht kaputtzumachen. Und während sie meckerten, stand ich schon wieder hinter meinen Eltern, um Udo eine lange Nase zu ziehen, was wiederum bereits die Saat für den nächsten Streit war. So ging es immer im Kreis, das war normal und irgendwie wohl auch natürlich.

Damals bewohnten Udo und ich noch ein Zimmer; ich war acht, er dreizehn, und meist hatte ich eine Stinkwut auf ihn, wie er wahrscheinlich auch auf mich.

Eines Morgens, so erinnere ich mich, wachte ich als erster auf. Ich schlich mich zu Udos Bett, schlug die Decke zurück und ihm mit der Faust in die Magengrube. Dann lief ich um mein Leben. Ich kam nicht weit. Am Fuß der Treppe erwischte er mich, drehte mir den Hals um und sperrte mich in die Besenkammer unter der Treppe. Die war nur von außen zu öffnen. Da saß ich in der Falle und hämmerte mit den Fäusten gegen die Tür, bis ich vor Erschöpfung erst mal Pause machte. Da ging die Tür auf, Udo schmiss zwei Stinkbomben rein, und die Tür ging wieder zu.

Bei einer anderen Gelegenheit wandte er wieder mal seine Lieblingsfoltermethode an. Er rang mich nieder, so dass ich auf dem Rücken lag. Dann setzte er sich auf mich und fixierte meine Arme mit den Oberschenkeln – im Fachjargon der kleine-Brüder-Quäler heißt das „Muskelreiten". Sein Gesicht war jetzt dicht über meinem. Er zog schön gelbgrünen Rotz hoch und ließ ihn über meinem Gesicht baumeln, von seinen Lippen hängen. Im letzten Moment zog er ihn dann wieder hoch, und das Spiel begann von vorn, solange, bis ihm das Hochziehen misslang.

Meine Rache war grausam. Wir hatten zwei Ponies, infolgedessen gingen bei uns Mädels in Udos Alter ein und aus. Manche schwärmten für Pferde, manche mehr für meinen Bruder.

Immer, wenn Udo mir sagte, ich solle jetzt mal ein wenig aus unserem Zimmer verschwinden, weil er Gabi in Ruhe seinen Bay-City-Rollers-Starschnitt zeigen wolle und das dauere zirka zwei Stunden, fiel mir garantiert ständig etwas sehr Wichtiges ein, was ich noch brauchte. So riss ich die Tür auf oder klopfte oder guckte durchs Schlüsselloch. Wenn ich wollte, konnte ich richtig prima anhänglich sein. Nicht loszuwerden, wie Sekundenkleber.

Na ja, jedenfalls schaffe ich es, unerwünschte Liebesverbindungen zwischen Udo und den Pferdemädels zu verhindern. Eine war zwar ziemlich hartnäckig, aber der erzählte ich dann ein paar erlogene eklige Details über meinen Bruder, da kam auch sie nicht wieder. Vielleicht, so denke ich gerade, war auch ich ein bisschen Bronx.

Bei unserem letzten Streit – vor ungefähr zwanzig Jahren – packte Udo mich, trug mich vor die Tür und steckte mich kopfüber in eine Schneewehe. Hilflos strampelte ich mit den Beinen. Zum Glück gab es bald Tauwetter. Als ich wieder reinkam, war Udo ausgezogen. Seitdem verstehen wir uns ausgezeichnet.

Was aber hilft das alles, wenn ich ständig das Gezanke meiner Kinder höre, so dass ich wünsche, ich hätte schalldichte Ohrenlider? Gut, jeder Streit geht vorbei, und vielleicht brauche ich einfach ein dickeres Fell. Oder ich tue so, als ginge mich all das nichts an und gehe in den Stall oder ins Büro. Da ist immer was zu tun, und zumindest der Stall ist so weit weg, dass ich nichts mehr hören muss von all dem Elend.

Mein Bruder und ich – wir verstanden uns am besten, wenn wir einen Gegner hatten. Einmal lagen wir ineinander verbissen auf unserem Speicher, als unsere Berliner Sommerfrischlerin vorbei kam und sagte: „Ach, Kinder, streitet doch nicht soviel!“ Und wir ließen voneinander ab. Ich keifte: „Halt's Maul, Alte!“ und Udo, cool: „Kümmere dich um deinen eigenen Scheiß, Baby!“ Ich glaube, wir hatten gerade einen Western mit richtig raubeinigen Kerlen gesehen; das hatte irgendwie abgefärbt. Na ja, da waren wir ein gutes Team. Ach, hätten wir doch noch ein kleines Brüderchen gehabt! Das hätten wir so richtig fertig machen können! Und mir kommt ein komischer Gedanke: Brauchen wir mehr Kinder? Immer noch einen kleinen, damit die großen sich abreagieren können? Nein, das ist auch keine Lösung. Das würde dann ja niemals aufhören!

Wenn ich mit meinen Kindern schimpfe, solidarisieren sie sich sofort miteinander. Im Sommer, auf dem Schwimmponton im See, packen sie immer gemeinsam an, um mich hineinzuschmeißen. Muss ich den Kopf hinhalten, damit sie sich besser verstehen? Muss ich fies zu meinen Kindern sein, damit sie sich zu einer festen Gemeinschaft verschweißen?

Quatsch. Auch der Streit gehört zum Leben. Irgendwann hören sie von alleine damit auf, so wie einst Udo und ich. Solange passen die Liebste und ich auf, dass niemand ernsthaft verletzt wird und dass Haus und Hof heil bleiben. Wenn es sein muss, setzen wir Gehörschutz auf. Oder wir brüllen mit. Und wenn mal wieder Bullerbü ist, dann freuen wir uns ganz einfach, in dem Wissen, dass die Bronx nicht weit ist. Gleich um die Ecke sozusagen.

Die Rehabilitation des Maises

Ich muss etwas tun für die Rehabilitation des Maises. Es wird so furchtbar viel Schlechtes über ihn erzählt. Er sei Güllesäufer, Genschleuder, Erosionsförderer, Grünlandvernichter, Vielfaltzerstörer und was nicht noch alles! Ach ja, das schönste Argument gegen den Mais ist, dass man nicht mehr weit gucken kann, wenn man auf der Straße fährt. Deshalb werden übrigens auch die Trecker immer höher. Der Mais treibt also auch die Landtechnikkosten in die Höhe, und aus einem normalen PKW kann man die Hälfte des Jahres auch nicht mehr übers Feld gucken, also muss ein Geländewagen oder ein Pick-up her, und die kosten auch Geld!

Aber der Mais ist ein tolles Futter, und die meisten Argumente gegen den Mais richten sich ja eigentlich nicht gegen den Mais selbst, sondern gegen das, was wir aus ihm gemacht haben. Da gibt es allerdings einige berechtigte Kritikpunkte. Trotzdem mag ich den Mais; er ist mir regelrecht sympathisch. Zu seiner Ehrenrettung habe ich diese Geschichte geschrieben, eine Geschichte über ein Sommerfest, das nun schon einige Jahre zurück liegt. Vergessen allerdings werde ich es nie, niemals.

Es war ein Tag, an dem es sich feiern ließ. Die Kieler Woche war vorbei, das Wetter war also wieder schön geworden. Gerade hatten wir den zweiten Schnitt beendet, erst am Nachmittag war die Plane über die Silomiete gelegt worden. Es waren optimale Bedingungen gewesen, die Miete roch frisch und würzig, und diesmal war nichts zu Bruch gegangen. Ein gutes Gefühl.

Abends dann dieses Fest. Kein wirkliches Mittsommerfest; schließlich lag die Sonnenwende schon rund zwei Wochen zurück. Aber noch war Mittsommer, die Tage lang, die Nächte kurz und hell.

Die Liebste und ich waren in guter, gelöster Stimmung, als wir in der aufkommenden Abendfrische auf unseren Rädern zum benachbarten Gutshof fuhren. Unsere älteste Tochter war gerade ein Jahr alt geworden, und meine Schwiegermutter wollte in unserer Kate schlafen und bei ihr sein. Auch am nächsten Morgen würde sie da sein und sich um die Kleine kümmern. Kurz, es war das erste Mal, seit wir Eltern waren, dass wir bleiben konnten, solange wir wollten, und feiern, bis wir keine Lust mehr hatten.

Wir waren eingeladen zur „Buden-Auflösungs-Party“. Rund 15 Jahre zuvor hatte die Geschichte der Bude angefangen. Wir hatten uns auf dem nicht mehr genutzten Kornspeicher des Gutshofes einen Raum fertig machen dürfen, die Bude eben. Dort hatten die wildesten unserer Pubertätsparties stattgefunden, mit billigem Bier und Heavy Metal. Damals war sie unser zweites Zuhause gewesen; dementsprechend war sie eingerichtet: Matratzen, Aschenbecher, Poster an den Wänden.

Wir hatten einen Treffpunkt; unsere Eltern waren froh, dass wir nicht in Bushaltestellen rumhingen und uns womöglich erkälteten. In der Bude hatten wir immer unser Geld zusammengeschmissen und einer, der schon ein Mofa hatte, war zu Oma Krauses Stubenladen gefahren. Bei Oma Krause – Gott sei ihrer Seele gnädig – hing das Blechschild mit dem Auszug des Gesetzes zum Schutz der Jugend in der Öffentlichkeit draußen, vor dem Laden. Das bedeutete offenbar: Außen gilt dieses Gesetz, innen nicht. Hier kauften wir unser Fliegerbier, wie wir es nannten, weil es immer zum Absturz führte, und außerdem Korn der Marke „attraktiv und preiswert", der sich gut zum Kartenpusten eignete, was die Abstürze wesentlich beschleunigte. Doch zurück zur Bude, zur Budenabschiedsparty.

Die Bude sollte nun aufgelöst werden; denn der Kornspeicher sollte ausgebaut und vermietet werden. Die Bude jetzt, nach etlichen Jahren, wieder zu betreten, war wie eine kleine Zeitreise. An den Wänden hingen tote Rockstars mit abscheulichen Frisuren und albernen Klamotten; die Aschenbecher waren voll mit alten Kippen und steinharten Kaugummiresten; der Fußboden war übersät mit Bierdeckeln und vergammelten Chips. Kurz betraten wir den Raum und hielten Andacht, trauerten der vergangenen Jugend hinterher, bis mir einfiel, wo ich damals noch ein paar Bier gebunkert hatte. Sie waren noch da, aber sie sahen nicht mehr gut aus...

Manch einer nahm ein Andenken mit, ein leeres Werbefeuerzeug mit dem Aufdruck längst bankrotter Firmen oder ein Poster von Motörhead, Status Quo oder Samantha Fox. Dann gingen wir raus zum Feiern, denn ein Mitsommerfest findet auch im hohen Norden im Freien statt.

Ich war guter Stimmung, richtig aufgedreht. Wie aufgezogen schwirrte ich umher, trank Fliegerbier, freute mich, fast vergessene Freunde wiederzusehen, versöhnte mich mit verkrachten Kumpels und gestand allen Mädels der alten Clique, in die ich jemals verliebt war – und das waren ungefähr alle – meine heimliche Jugendliebe, schwärmte ihnen aber zugleich von der Liebsten vor und wie wunderbar und großartig das alles mit ihr sei.

Später traf ich sie dann wieder, die Liebste, die sich irgendwo mit irgend jemandem unterhalten hatte. Ich war so voll von Zärtlichkeit und Liebe und Bier, dass ich sie einfach in den Arm nehmen und drücken und küssen musste. Plötzlich war ich so glücklich, dass ich hätte schreien mögen vor schierer Freude darüber, am Leben zu sein und das alles mitmachen zu dürfen.

Dann legte jemand AC/DC auf, wir tanzten und spielten Luftgitarre, bis die Vögel zu singen anfingen. Zwischendurch philosophierten wir über Gott (weniger!) und die Welt (mehr!). Schließlich wurde es auf einmal so leer. Einige lagen auf Strohballen und schnarchten. Wir waren die Letzten, die Liebste und ich.

Wir stiegen auf unsere Räder und fielen um, ein ums andere Mal. Dann schoben wir. Engumschlungen torkelten wir den dunklen Weg entlang, neckten uns und wurden lüstern.

Mitten auf dem Weg fielen wir übereinander her. Doch plötzlich kam ein Auto. Wir packten unsere Klamotten, schubsten unsere Räder in den Graben, sprangen durch den Knick, rutschten die Böschung runter und kullerten auf einen Maisacker. Noch heute muss ich, immer wenn ich diesen Weg entlang fahre, denken: Da, unser Knick, unsere Böschung, unser Platz auf dem Acker.

Die Pflanzen standen in geraden Reihen und ließen uns Raum genug. Ich dachte noch kurz, ob es nicht anständiger und politisch korrekter wäre, im artenreichen Extensivgrünland ein paar Meter weiter ein Plätzchen zu suchen oder im benachbarten – verzeiht mir diesen Kalauer – Vögelschutzgebiet, aber dort war es jetzt sicher nass vom Tau, und der Mais war schön sauber gespritzt. Hier war es trocken, jedenfalls einigermaßen. Wir würden uns nicht allzu sehr einsauen.

Wir küssten uns lange, lange. Die Liebste roch gut und schmeckte noch besser. Ich hörte unseren Atem, die Vögel, die ersten Autos auf der Straße und meinen Herzschlag. Er war laut.

Dann erschrak ich, kurz. Mais ist die Syphilis der Landschaft, das war ein Spruch, der mir jetzt einfiel. Hoffentlich nicht ansteckend. Ich kicherte. Klasse Kulturpflanze, dieser Mais. Also doch zu gebrauchen. Viel besser als die ollen Feuchtwiesen.

Wir küssten uns wieder. Nun kicherte ich nicht mehr. Im fahlen Licht des Morgens sah ich die weiße Haut der Liebsten leuchten, wie von innen.

Als wir uns liebten, ging über dem Moor die Sonne auf. Mit Küssen begrüßten wir den neuen Tag.

Das Duell

Es handelte sich um einen ganz besonderen Gegner. In seinem Wesen vereinigten sich Kraft, Schnelligkeit, Ausdauer und Wendigkeit mit Intelligenz, List und Tücke. Und mit Boshaftigkeit. Hinter einer lieblichen Maske versteckte sich ein wahrer Teufel, so durch und durch schlecht, dass einem in seiner Nähe kalt wurde.

Es war ein schwarzbuntes Kälbchen, süß anzusehen. Noch heute bin ich überzeugt, dass es von irgendeinem fiesen Geheimdienst darauf angesetzt wurde, mich gezielt in den Wahnsinn zu treiben.

Es war auf unserer Hausweide geboren worden, nahe am Zaun zur Autobahn, die direkt an unserem Hof vorbei führt. Nach zwei Tagen holten wir Mutter und Kalb von der Weide; die Mutter kam in den Kuhstall, das Kalb in den Kälberstall – alles so, dass es seine Ordnung hatte.

Am nächsten Morgen allerdings fehlte das Kalb im Stall. Es lag genau dort, wo es geboren worden war, und wartete auf seine Mutter.

Nun gut, das nervte, aber das kam vor. Ich schnappte mir einen Strick und ging noch recht vergnügt in Richtung Kalb. In Indianermanier schlich ich mich an, bereit, im letzten

Moment schnell und präzise zuzuschlagen. Es schlief; jedenfalls stellte es sich schlafend.

Einige Meter, bevor ich es erreichte, nahm es den Kopf hoch, sprang auf und düste los. Erst als es einige hundert Meter fort war und bereits zwei Zäune durchsprungen hatte, konnte mein Blick es wieder fixieren. Es blieb stehen, drehte sich um und grinste verschlagen. Oh ja, ich schwöre, es stand dort mit einem diebischen Grinsen im Gesicht.

Zum Glück war es nicht in Richtung Autobahn gelaufen. Ich verzichtete darauf, es weiter zu jagen. Ich hoffte, es würde sich an seinem alten Platz einfinden. Beim nächsten Mal würde ich besser sein.

Diesmal versuchte ich es hinterrücks, aus dem Autobahnböschungsgestrüpp heraus. Ich war ganz nahe dran, aber ich hatte im Eifer des Gefechts vergessen, dass zwischen Gestrüpp und Kalb noch ein stabiler Dreifachzaun mit extra stacheligem Stacheldraht war. Darin blieb ich leider hängen, zappelte herum und kam mir ziemlich hilflos vor. Ich schaute mich um. Nirgendwo lag einer und lachte sich kaputt. Glücklicherweise hatte mich also niemand beobachtet. Das Kalb hatte sich aber aus dem Staub gemacht, klar.

Der nächste Versuch sollte der Letzte sein. Ich plünderte die illegalen Hormonvorräte im Kälberstall und mixte mir daraus leckere Cocktails. Zum Frühstück gab es nur noch das Leistungsförderer-Müsli aus Nachbars Schweinestall. Nach vier Tagen kam ich mir vor wie einer dieser anabolen Athleten. In meinem neuen Kalbfänger-Dress aus 100 % Stinkstoff – gesponsert von einer namhaften Futtermittelfirma – tänzelte ich locker an das inzwischen halb verhungerte Kalb heran. Wieder schnellte es hoch, doch es wunderte sich sehr, dass ich diesmal mithielt. Gemeinsam durchbrachen wir drei Zäune. Dann kehrte es um und lief zurück, Richtung Autobahn. Es war Zeit für den finalen Zugriff. Ab ging es durch den Zaun zur Autobahn. Im Gestrüpp erwischte ich es endlich, schmiss mich als echter 0,1-Tonner auf meinen Gegner. Es gab nur noch halb erstickte Laute von sich.

Ich hatte es geschafft, hatte es bezwungen. Ich blieb noch eine Viertelstunde auf ihm liegen. Das reichte. Heute sind wir beste Freunde, und Briefmarke – so heißt das platte Tier – ist die liebste Kuh im Stall.

Camus und ich

Nie im Leben hätte ich gedacht, dass ich einmal einen Text über ein Auto schreiben würde. So ändern sich die Dinge, denn im Augenblick bin ich gerade im Begriff, ein Loblied auf den R4 zu singen.

Schon lange hatte ich nach einem billigen und guten Hofauto gesucht; denn unser Familienauto ist nicht mehr zu gebrauchen, sobald man die befestigte Straße verläßt. Ein Bus (Ford Transit), Motor vorne mit Hinterradantrieb: Sobald es nass ist, muss man sich freuen, überhaupt voranzukommen. Außerdem ist er so breit, dass jede Fahrt durch die engen Dornenheckenfeldwege zu den Viehwiesen im Moor Kratzer im edlen silbergrauen Lack hinterließ.

Nun hätte ich auch nichts gegen einen veritablen Geländewagen oder einen Pick-up gehabt. Aber diejenigen, die der Gebrauchtwagenmarkt bereit hält, sind entweder völlig am Ende oder aber unerschwinglich. Und ein leises Unbehagen befällt mich schon, wenn ich diese mobilen Jägerhochsitze so seltsam gutsherrschaftlich durch die Landschaft gleiten sehe, den chromblitzenden Bullfänger voran, mit Jagdgewehrstützen in den Seitenfenstern, am besten lodengrünmetallic lackiert. Nein, danke, nichts für mich.

Und die kleineren Geländewagen, diese offenen Zweisitzer, nun, die kenne ich aus den Zimmern meiner Töchter. Solche Autos fährt Barbie, wenn sie Ken zur Beachparty abholt. Niemals könnte ich mich in solch ein Auto setzen, ohne in Lachkrämpfe zu verfallen. Außerdem habe ich nicht solch einen Körper wie Ken. Und die Liebste ist nicht blond.

Irgendwann sah ich dann zufällig einen alten R4, und ich erinnerte mich, dass früher, als die Geländewagen noch nicht zum Statussymbol geworden waren, viele Bauern hier in alten R4's durch die Gegend fuhren. Ich fragte nach, und ein alter Bauer erzählte mir mit leuchtenden Augen von seinem „alten Franzosen", der so treu gewesen sei, mit dem er sich nie festgefahren hatte, der immer überall durchgekommen war. Und als der TÜV das Todesurteil sprach, habe er immer noch einen prima Hühnerstall abgegeben.

Da beschloss ich, auch ich wollte einen R4 haben. Das ist heute aber leichter gesagt als getan. Seit Ende der Achtziger werden sie nicht mehr gebaut. Sie sind selten geworden; sie stehen bestimmt auf der roten Liste der vom Aussterben bedrohten Autos.

Dann irgendwann eine Kleinanzeige im Kieler Stadtmagazin. „Nach langem Zaudern habe ich mich jetzt doch entschlossen, meinen geliebten R4 F6 zu verkaufen. VHB 500,00 DM". Ich rief an, fuhr hin, und da war es um mich geschehen. Ich hatte mich verliebt. In ein Auto. Bin ich so bekloppt wie Schumi? Lauf ich bald in albernen Ganzkörperanzügen rum, mit dem Schriftzug meiner Automarke drauf? Werde ich – oh Graus – bald jeden Samstag mein Auto waschen? Mit Shampoo? . Egal. Ich musste ihn haben.

Und die R4-Fee musste ihn verkaufen. Sie brauchte ihn nicht mehr. Sie wohnte und arbeitete in Kiel, und fürs Rumstehen waren ihr Versicherung und Steuer zu teuer. Er war ihr erstes Auto gewesen. Acht Jahre hatte sie ihn gefahren. Als ich mit ihm davonfuhr, hatte sie Tränen in den Augen. Mit einem kleinen weißen Taschentuch winkte sie uns hinterher.

Seitdem bin ich kaum noch ausgestiegen. Dieser Wagen ist ein einziges Vergnügen. Zwar sieht er nicht mehr ganz neu aus, aber dafür hat er ein wunderbares Gründach aus Moos und Algen, das im Frühjahr zu blühen beginnt. In seinen Kasten passt ebenso viel wie auf unseren Kipper. Und wie er fährt! Weich legt er sich in die Kurven, der Warmluftfön heult, und dazu singt ständig Edith Piaf „Je ne regrette rien", denn die Auswurftaste des Kassettenrecorders ist kaputt. Und als ich mit dem Fuß den Takt klopfte, entdeckte ich, dass er sogar eine Scheibenwaschanlage hat. Eine Pumpe im Fußraum. Grandiose französische Ingenieurskunst!

Einen Namen hat er auch. Die Kinder nennen ihn „Dumbo", weil ein Elefantenaufkleber seine Flanke ziert. Aber ich sage im Stillen zärtlich „Camus" zu ihm, weil der mir immer lieber als Sartre gewesen war. Und weil dieses Auto einfach nach einem französischen Namen verlangt.

So packe ich mir also Baguette und Gauloises, klebe mir den falschen Schnurrbart an, steige ein und hole mir ein Stück verlorene Jugend zurück. Niemals zuvor habe ich ein so klassisches erstes Auto gefahren – Ente, R4 oder Käfer, ich habe immer nur in blöden Golfs gesessen. Ich schaukele durch Kurven, Schlaglöcher, über Wiesen und Felder und fühle mich gleich zwanzig Jahre jünger. Andere Männer meines Alters stellen jungen Frauen nach – ich fahre R4 und rede französisch. Ich singe beim Fahren und übe, laut rufend, französische Vokabeln wie: „Excellent! Formidable! Mervellieux! J'aime la vie! Je suis heureux comme avec une femme!" Das ist zwar übertrieben, aber von Rimbaud, und ich sehe aus wie der junge Alain Delon! Na ja, zumindest fast.

Schon heute graust mir vor dem Tag, an welchem der TÜV-Onkel den Kopf schüttelt. Zwar werde ich die Liebste bitten, Camus zur Hauptuntersuchung vorzustellen, aber egal, wie kurz ihr Rock auch sein mag und wie transparent ihre Bluse, egal, wie herzzerreißend ihre Erzählungen von den sieben Kindern, dem kranken Mann und den hungernden Kühen, so ein deutscher Ingenieur hat schließlich Prinzipien. Na ja, und soo kurz und soo transparent sollen Rock und Bluse ja nun auch nicht sein...

Was auch geschieht, ich werde ihn behalten. Als Hühnerstall, als Gartenlaube, als Lustschlösschen vielleicht. Schließlich ist die Ladefläche lang genug und die Federung federt federleicht... Und ob man wohl in seinem Auto begraben werden darf, wenn man eine innige Beziehung zu ihm nachweisen kann? Ich werde nachfragen, beim Friedhofsamt, beim Ordnungsamt, zur Not auch beim Bundesverfassungsgericht. Den besten käuflichen, durchgeknalltesten Ami-Anwalt werde ich mir kaufen. Camus und ich, wir bleiben zusammen!

Fendt Wendt und der Koffer

– Eine Art Weihnachtsgeschichte –

Mein Name ist Wendt. Hans Wendt. Aber ich bin kein Geheimagent. Ich bin Bauer. Ich bin tatsächlich immer noch Bauer, seit über sieben Jahren. Eigentlich war ich es auch vorher schon, obwohl ich damals allerlei Gelegenheitsarbeiten machte, weil ich mich mit dem Alten nicht verstand. Als der dann aufs Altenteil wollte, machte ich die Landwirtschaftsschule, um Bauer zu werden, was ich vorher schon war. Auf der Schule haben sie dann alles versucht, um mich vom Bauern zum Landwirt zu machen, und fast hätten sie es geschafft, aber zuletzt bin ich doch Bauer geblieben.

Übrigens habe ich einen Spitznamen. Ich heiße Fendt. Genau wie der Trecker. Schon in der Schule, als pickliges Jungchen, sagte ich immer: „Wenn ich mal einen Sohn habe, dann soll er Fendt heißen. Fendt Wendt.“ Zwar machte ich mir damals schon Gedanken, dass er weder Schlafmütze noch Angsthase noch Heulsuse sein dürfe, denn der Name eignete sich besonders gut für fiese Kinderreime: „Fendt Wendt pennt! Fendt Wendt rennt! Fendt Wendt flennt!“ Aber ich selbst war sowohl Schlafmütze als auch Angsthase und

Heulsuse gewesen, und das mit den Reimen hatte auch so geklappt; denn Kinder sind erfinderisch und biegen sich jeden Reim so zurecht, daß es paßt: „Wendt der pennt! Wendt der rennt! Wendt der flennt!“

Damals sagten noch alle Hansi zu mir. Fendt heiße ich erst, seit ich einmal auf einer Klassenfete der Landwirtschaftsschule etwas angetrunken war. Spät am Abend meinte einer, dass er noch fahren könne, und dass er jetzt nach Hamburg fahre, auf die Tonne hauen. So fuhren wir nach St. Pauli. Dort kamen wir an einem Tattoo-Studio vorbei, und einer rief: „Ey, Wendt, wetten, du traust dich nicht, dir den Namen deiner Alten tätowieren zu lassen?!“ Und ich sagte: „Ich hab' keine Alte. Ich hab' nur meinen Fendt.“ Na ja, und dann haben sie mich da reingeschubst. Einer hatte eine Fendt-Mütze auf, da konnte der Tätowierer abgucken. Erst hielt ich den Arm hin, aber dann fiel mir noch eine alte Harte-Jungs-Weisheit ein: „Der Richter darf niemals deine Tätowierungen sehen.“ Ich dachte: „Der EU-Kontrolleur darf sie niemals sehen“, und da ich manchmal mit nacktem Oberkörper und in kurzen Hosen arbeitete und die Kontrolleure zu allen Zeiten kommen konnten, blieb eigentlich nur meine Pobacke übrig, die linke, weil die von Herzen kommt. Auf dieser prangt seit dieser Nacht ein Herz, in welchem „Fendt“ steht.

Seitdem heiße ich Fendt. Ich heiße immer noch so, obwohl dort heute nicht mehr Fendt steht; denn meine Liebste, die ich bald darauf kennen lernte, fand das hässlich und blöd. Sie sagte, sie würde mich nur heiraten, wenn dort „Inge“ stünde. So heißt meine Liebste. Also fuhr ich – diesmal bei Bewusstsein – nach Hamburg, ließ „Fendt" durchstreichen und „Inge" drüberschreiben, über das Herz. Trotzdem heiße ich weiterhin Fendt und nicht etwa Inge.

Inge heißt heute meine Frau. Wir sind glücklich. Wir haben vier Kinder. Alles Mädchen. Keine Chance, einen Sohn Fendt zu nennen. Ich hieß ja auch selber so, und auf dem Standesamt hätten die sowieso rumgezickt.

Vier Töchter. Ich höre schon das Mitleidsklagen. Als die vierte geboren war, kriegten wir stapelweise Kondolenzschreiben, und die Nachbarn machten Beileidsbesuche; dabei freuten wir uns sehr. Aber alle dachten, auf einen Hof müsse ein Junge, und mit Tränen in den Augen klopften sie uns auf die Schultern und fragten: „Was wird nun aus eurem Hof?" Einer – ein alter Junggeselle – fragte an, ob er nicht in zehn Jahren unsere dann sechzehnjährige Älteste heiraten könne, und solange könne er unsere Flächen ja schon mal mit bewirtschaften. Tja, und einigen Beileidsbriefen lagen Blankopachtvertragsformulare bei, ein aufmunterndes „Melde dich!" an den Rand gekritzelt.

Aber ich bin immer noch Bauer. Ich verpachte nicht. Etwas jedoch hat sich geändert. Ich fahre ein anderes Schlepperfabrikat, obwohl ich von so was früher immer Ausschlag bekam. Ich habe mir einen Schlepper zu Weihnachten schenken lassen im letzten Jahr.

Aus Gewohnheit hatte ich am Weihnachtspreisausschreiben der landwirtschaftlichen Wochenblätter teilgenommen, obwohl ich befürchtete, falls ich gewänne, würde es nur eines der „500g-Päckchen aromatischen Inhalts" sein, und ich wusste, dass es hier um lumpigen Kaffee ging, der wahrscheinlich nicht einmal fair gehandelt war, und nicht etwa um etwas Rauchbares. So beschloss ich für den Fall, zu den Gewinnern des Kaffees zu gehören, die Packung unter Protest gegen die Politik des Bauernverbandes zurückzuschicken. Ich fühlte mich toll wegen soviel aufrechter Zivilcourage. Insgeheim stellte ich mir vor, wie mich die aufmüpfigen Bauernmassen zu ihrem Idol erheben würden: „Widerstand hat einen Namen – Fendt Wendt!" Mit dem kleinen asterixbärtigen Franzosen würde ich fortan amerikanische Schnellrestaurants demontieren – jeden Tag woanders; es gibt ja genug davon – und stattdessen holsteinische Katenrauchschinkenbrotstuben eröffnen, weltweit, immer frohen Mutes im Dienste des Bauerntums, im Kampf gegen die Allmacht der Konzerne, neoliberale Globalisierung, Kulturimperialismus, hässliche Dauerwellenfrisuren und den FC Bayern.

Tatsächlich gewann ich. Einen funkelnagelneuen Schlepper der Marke Case. Ein roter Trecker jener Marke, die ich – ein wenig der englischen Sprache mächtig – bislang immer abfällig als „Koffer" bezeichnet hatte. Ich dachte kurz daran, den Koffer wie den Kaffee zurückzuschicken, unter Protest. Aber soweit ging mein Widerstand dann doch nicht – außerdem war das Porto zu teuer.

Es war schon nach Ostern, als die Übergabe stattfand. Es gab einen Fototermin, anlässlich dessen ich die Hand dieses verhassten Wochenblattchefredakteurs schütteln und dazu dämlich grinsen musste, obwohl der jeden Freitag in seiner Zeitung Kommentare veröffentlichte, die mir und vielen anderen Bauern körperliche Übelkeit verursachten – ein

Phänomen, das inzwischen als „Postlektorales Syndrom“ beschrieben wird und kurz vor der Anerkennung als Berufskrankheit steht.

Ich hatte mein Fendt-T-Shirt an und sollte Dankesworte sagen. Ich sprach: „Wenn ich einen roten Trecker sehe, werd ich grün im Gesicht. Ich verkaufe den schnell und hole mir was Ordentliches.“ Der fürs Foto herbeizitierte Weihnachtsmann schwitzte derweil unter Mantel, Mütze und Bart in der warmen Frühlingssonne.

Im Wochenblatt hatten sie den Fendt-Schriftzug dann von meinem T-Shirt getilgt, und ich wurde zitiert mit den Worten: „Meine Familie, meine Kühe und ich sind sooo glücklich. Einen solchen Schlepper haben wir uns schon immer gewünscht!“

Ich schämte mich sehr. Jeder, der mich auf dem Foto erkannte, musste denken, ich hätte mein Gedächtnis verloren oder sie hätten mich unter Drogen gesetzt. Da stand ich, mit diesem roten Koffer hinter mir, und grinste breit, dem Grauen persönlich die Hand schüttelnd... oh Schande!

Später wollte ich dann eigentlich den Koffer umtauschen. Aber ach, so schlecht ist der gar nicht. Besonders schön ist das Weitwinkelglas der Kabine – alles sieht viel größer aus als es ist, und man hat das Gefühl, vom Feld aus die Hofstelle nicht mehr sehen zu können – wegen der Erdkrümmung!! Wow, meine Farm ist sooo riesig!

Übrigens, auch in diesem Jahr habe ich mitgemacht. Wenn ich Kaffee gewinne, schicke ich ihn zurück. Unter Protest. Ehrenwort. So wahr ich Fendt Wendt heiße.

Das Drama der Deadline

Oh, welch romantisches Bild: Der Bauer. Er lebt in seiner schlichten, aber wunderbaren Welt; eingebettet in den Lauf der Natur, in den Wechsel der Jahreszeiten, – er tut täglich seine Arbeit und lebt von dem, was Mutter Erde ihm zu geben bereit ist. Und da er abends natürlich niemals müde ist, schwingt er sich zunächst gemeinsam mit einer atemberaubend schönen Frau auf zwei nur mühsam ihre urwüchsige Kraft bändigende Pferde, um ohne Sattel und Zaumzeug, die Hände in die langen Mähnen gekrallt, über Zäune springend die wilden Landschaften seines Hofes zu durchfliegen. Später wälzen sich Bäuerin und Bauer leidenschaftlich und lange in den Betten, nur um am nächsten Morgen im Licht der frühen Sonne wieder aufstehen und arbeiten zu dürfen, mit einem fröhlichen Lied auf den Lippen.

Soweit die spinnerte Vision meiner spätpubertären Jahre, als ich wusste, dass ich Bauer werden will, aber es sollte ein anderes Leben sein als das meiner Eltern, das ich doch kannte als eine schlimme Mischung aus Arbeit, Arbeit, Arbeit, gesellschaftlichen Verpflichtungen und Vor-dem-Fernseher-einschlafen, von Freiraum keine Spur. Meine Eltern waren so zu mit Arbeit, dass sie den Wechsel der Jahreszeiten nur daran merkten, dass plötzlich die Mähdrescher wieder fuhren.

Also, von wegen: Die jungen Leute aus der Stadt haben romantisch verklärte Vorstellungen vom Leben auf dem Hof – die jungen Leute vom Hof träumen genauso rum. Bis heute besitze ich kein Pferd, und auch die Liebste ähnelt der halbwilden, halbnackten Schönheit auf dem schwarzen Hengst nur in gewissen Stunden: Denn leider ist sie weder ständig halbwild noch halbnackt.

Der Lauf der Natur? Der Wechsel der Jahreszeiten? Kommt vor, gewiss, aber er strukturiert den Ablauf meines Jahres nur sehr grob, grundlegend zwar, aber eben auch nicht weiter der Rede wert. Plötzlich wächst es eben, dann muss ich mähen, dann wächst es wieder, mähen, Getreide ernten, pflügen, die Neueinsaat. Zwischendrin kalbt es, und melken muss ich jeden Tag. Das Güllefahren nicht vergessen, und plötzlich ist wieder ein Jahr rum. Im November schlaffe ich ab und nehme mir vor, im Winter endlich einmal mein Büro aufzuräumen und durchzuorganisieren, dann ist zwei Monate Weihnachten und plötzlich ist der Winter vorbei, das Büro sieht aus wie immer und alles geht wieder von vorne los.

Die Feinstruktur des Jahres jedoch – die ist der Rede wert. Mein Jahr ist das Jahr der Deadlines. Verzeiht mir diesen Anglizismus – Ausschlussfrist klingt zu bürokratisch, Todeslinie zu militaristisch oder aber wie die tödliche Dosis Koks, und Todesstreifen ist schon anderweitig besetzt. Bleiben wir also bei dem Terminus Deadline. Ohne Deadlines – soviel weiß ich – würde ich nichts im Leben schaffen, ja, ich behaupte sogar: Ohne Deadlines würde die Welt nicht funktionieren.

Mein Jahr der Deadlines sieht folgendermaßen aus: 15. Januar Gülleneujahr, 15. März Ende der Knickpflege- und Buschholzverbrennerlaubniszeit, 15. Mai Abgabe des Antrags auf Agrarförderung, 30. September Abgabe des Antrags auf MSL-Förderung zur Einführung ökologischer Anbauverfahren (geiles Wortmonster, was?), 1. Oktober Abgabe der Anträge auf Auszahlung der MSL-Förderung zur Einführung der blablabla und auf Auszahlung der Vertragsnaturschutzprämie, 15. Oktober Abgabe der Anträge auf Kontroll- und Beratungskostenzuschuss, 31. Oktober Ende der Beweidungszeit der Vertragsnaturschutzflächen, 15. November Güllesylvester, 31. Dezember Abgabe des Antrags auf Gasölverbilligung oder wie das jetzt heißt. Soweit die festen, unverrückbaren Termine in meinem Jahr. Mit denen komme ich klar; denn sie stehen fest. Tückischer sind die flexiblen, veränderlichen Deadlines. Abgabe des Antrags auf allgemeine Schlachtplatte, äh Schlachtprämie und Sonderprämie für männliche Rinder: Spätestens sechs Monate nach Schlachtung! Immer wieder verschwitze ich den Termin zur Antragstellung und schreibe lange schleimige Briefe ans Amt für Ländliche Räume, damit sie mir nicht die Prämien kürzen. Alle sechs Monate Abgabe von Bestandsmilchproben zur Aufrechterhaltung meines BHV-IBR-Freiheits-Status – ist das verdammte halbe Jahr schon wieder um?

Hinzu kommen die Deadlines der Bauernstimmen-Redaktion: „Wir brauchen den Text bis morgen früh!“ –

„Ja!“, stöhne ich in den Hörer: „Gib mir Deadlines!“ Und dann kommt die Liebste und sagt: „Bis heute abend ist der Wohnzimmertisch aufgeräumt, sonst schmeiß ich alles weg, was draufliegt.“ Und schon räume ich auf.

Es geht nicht nur mir so. Jedes Jahr schreibt das freundliche Amt für Ländliche Räume oben auf die Anträge auf Agrarförderung: „Aus verwaltungstechnischen Gründen bitten wir um Abgabe bis zum 31. März. Letzter möglicher Abgabetermin ist der 15. Mai.“ Wenn Tausende Berufskollegen und ich am 13. Mai die Umschläge öffnen, ist der März lange vorbei, und so stehen wir, eine Meute übernächtigter graugesichtiger ungeduschter Bauern, am 15. Mai vor dem Postkasten des Amtes Schlange, um unsere Anträge einzuwerfen. Man trifft dort immer dieselben Leute, hält einen kleinen Plausch und ist froh, es wieder einmal geschafft zu haben. Selbst mitten in der Nacht lungert noch Bauernvolk auf den Straßen vor dem Amtsgebäude rum, wie ich in diesem Jahr persönlich feststellen konnte. Diesmal hatten sie im Amt in der Nacht auf den 15. Mai sogar vorsorglich den Briefkasten hinter der Glastür abmontiert und durch einen großen Umzugskarton ersetzt – und als ich da war, war auch der schon ziemlich voll!!! Das gleiche Szenario auch zu anderen Gelegenheiten – etwa Sylvester vor dem Hauptzollamt – und an Güllesylvester gibt es Güllewagenstau.

Ach ja, Sylvester, da fällt mir etwas ein. Im letzten Jahr brachte ich am Abend des 28. Dezembers noch Anträge zum Hauptzollamt und zum Amt für ländliche Räume. Ich hatte mir gedacht, so könnten die Unterlagen noch am 30. mit einem Eingangsstempel versehen werden und alles wäre in bester Ordnung. Der 28. Dezember war aber der erste Tag des Sylvesterfeuerwerkverkaufs. Ich hatte gerade meine Papiere eingeworfen, als ich einige angetrunkene Jugendliche sah, wie sie sich einen Spaß daraus machten, Böller quer durch die Stadt zu schmeißen. Ich musste an meine Jugend denken und wie gut sich Böller in Briefkästen machten, sowohl in Bezug auf den Sound wie auch auf die Explosionswirkung – und ich hoffte, dass die Kieler Stadtjugend nicht gerade auf dieselbe Idee käme. Ich machte mich vom Acker, in großer Sorge, meine Anträge gingen nun in Flammen auf. Am 30. rief ich in den Ämtern an, ob mit den Briefkästen alles in Ordnung sei. Ziemlich verständnisarm kam die Antwort: „Ja, wieso?“ – „Ach, nichts...“ – wie schön, dass die heutige Jugend so fantasielos ist...

Immer wieder stelle ich mir genüsslich vor, wie es wohl wäre, wenn sie mal auf die Anträge schrieben: „Abgabeschluss am 15. Mai um 11 Uhr 30.“, dann gäbe es in Kiel und allen anderen Städten mit Landwirtschaftsämtern ein wunderbares Verkehrschaos, verursacht allein von Tausenden von grünen und grauen Geländewagen, Mercedessen und meinem R4. Das Herannahen der Deadline übt einen unbeschreiblichen Zauber aus, und im Niemandsland zwischen Termineinhaltung und verspäteter Abgabe wallen die Gefühle wie sonst nur im Bett oder beim Fußball.

Was – zum Teufel – wäre das Leben also ohne Deadlines? Vielleicht wäre es langweilig, vielleicht aber auch wunderschön. Um mit Bob Dylan zu sprechen: Die Antwort, mein Freund, weiß allein der Wind...

Schlachter Gandhi

Er war ein kleiner, feiner Mann. Er hatte nichts, aber auch gar nichts von der Sorte Schlachter, die man immer auf Zeltfesten trifft – jene fetten, rotgesichtigen Haudegen, die einen nach dem Namen fragen und sofort zuschlagen, wenn die Antwort ihnen nicht gefällt.

Nicht so unser Schlachter. Er war hager und hakennasig, und auf dieser Nase saß eine kleine Nickelbrille. Er sah aus wie eine Kreuzung aus John Lennon und Mahatma Gandhi – wenn sie sich denn hätten kreuzen können. Immerzu trug er einen weißen, wehenden Kittel. Man konnte ihn fast mit unserem Landarzt verwechseln. Böse Zungen behaupteten, es käme gar nicht so darauf an, ob Arzt oder Schlachter – die Behandlung habe ohnehin das gleiche Ergebnis. Gewiss kein Lob für unseren Arzt.

Ein besonderes Ereignis war es, den Verhandlungen zwischen dem Schlachter und meinem Vater zuzusehen. Welch eine atemberaubende Choreografie! Wozu überhaupt ins Ballett gehen? Das war ein Tanz über den Hof, im Wechselspiel zwischen Annäherung und Wiederentfernen, zwischen Nähe und Distanz. So balzten sie im Kreis herum, um einen imaginären Mittelpunkt, der Einigung hieß. Einem festen Ritus folgend hoben sie die Hände, wandten sich ab, schimpften, fluchten, sangen, flüsterten und riefen, dass es eine Freude war. Es konnte Wochen dauern, bis sie sich einig waren. Dann beendete der Handschlag den Handel, das Geschäft war unter Dach und Fach.

Der Schlachter hatte übrigens den zweifelhaften Ruf, nur zögerlich oder überhaupt nicht mit dem Geld rüberzukommen. Bei uns machte er eine Ausnahme, die mein Vater mir zu verdanken hatte. Als Schlachter Gandhi nämlich eines Tages nur eine spärliche Anzahlung leisten wollte, saß ich gerade unter dem Stubentisch und spielte mit einer Kneifzange, die ich dann in der Wade des Schlachterbeines ausprobierte. Ein Aufschrei, ein Griff in die Brieftasche, und Vater hatte das Geld. Von jenem Tag an brachte Gandhi mir bei jedem Besuch ein Eis mit, um mich milde zu stimmen. Und bevor er sich setzte, guckte er erst mal, ob ich nicht etwa unter dem Tisch lauerte...

Bis ins hohe Alter war der Schlachter aktiv. Obwohl seine Sehkraft deutlich nachgelassen hatte, fuhr er noch immer mit seinem alten Ford Kombi, die Rückbank heruntergeklappt, hinten drin große Fleischwannen aus weißem Plastik. Sah er Radfahrer oder Fußgänger, hupte er mehrfach, damit sie sich in acht nehmen konnten. Zum Schluss konnte er kaum noch gucken und fuhr vorsorglich dauerhupend durchs Dorf. Niemals ist etwas passiert; wenn er kam, sprang einfach alles in den Graben. Die Kinder des Dorfes erfanden das Schlachterspiel: Einer war der Schlachter und versuchte, laut klingelnd die anderen Gören mit dem Rad zu erwischen, während diese ihm ausweichen mussten.

Ein anderer beliebter Zeitvertreib der Dorfjugend war das Mindesthaltbarkeitsspiel, dessen Ziel es war, im kleinen Lebensmittelraum des Schlachterladens jenen Artikel zu finden, dessen Mindesthaltbarkeitsdatum am längsten zurücklag. Meistens war der Sieger allerdings nicht so leicht festzustellen, weil viele Artikel vor Einführung des Haltbarkeitsaufdrucks in diesen Raum hinein- und niemals wieder hinausgelangt waren.

Wie dem auch sei, die Würstchen, die Schlachter Gandhi machte, waren ein Gedicht, die besten weit und breit. Wenn es im Dorf brannte, kam er im Auftrag des Bürgermeisters oft noch mit einem großen Bottich voller Bockwürste vorbei. Nur mit Mühe konnte der Wehrführer seine Feuerwehrmänner dann davon abhalten, die Löscharbeiten für sinnlos zu erklären und einstweilen einzustellen, um sich sofort dem Verzehr der Würstchen zu widmen.

Tja, das alles ist vorbei. Schlachter Gandhi wurde alt und älter und fand keinen Nachfolger für seinen Betrieb. Dann wurde er krank, dann starb er. Und jetzt hat unser Dorf keinen Schlachter mehr.

Bäuerliche Badezimmer

Wir hatten neulich eine Feier im Haus, ein großes, wildes Fest. Und es hagelte Komplimente. Das erste bekam die Liebste. Ein Ex-Mit-Zivi von mir sagte, als er noch sprechen konnte: „Du bissie hüschesse Mudder von fünf Kinnern, die ich kenn..." – ein Schweigen, ein angestrengter Blick ins Leere, dann: „Du biss aber auch die einzige Mudder von fünf Kinnern, die ich kenn..." Die Liebste meinte zwar, den zweiten Satz hätte er sich sparen können, aber da kam schon das nächste Kompliment. Einer sagte, als er vom Klo kam: „Noch nie habe ich in einem Bauernhaus ein so geschmackvoll eingerichtetes Badezimmer gesehen: Normalerweise gibt es dort nur grüne Kacheln, und dann hängt da der top agrar Kalender..."

Ich ging erst mal aufs Klo, um zu gucken, was da so besonders sein soll. Alles war wie immer: weiße, rote und blaue Fliesen, WC, Dusche, Waschbecken, alles normal. Dazu eine Wand in gewischtem Blau, ein nur angedeuteter, mit zarten Strichen gezeichneter weiblicher Akt, eine Bildplatte der Beatles, Abbey Road, wie sie da über die Straße latschen, ein Design-Tamponspender aus Schweden. Meine Werner-Comics, die Bauernstimme, einige Pflanzen, einige

Bücher. Schließlich soll man sich wohlfühlen, auch an diesem Ort. Obwohl, und das sei hier deutlich gesagt, es nichts als ein bösartiges Gerücht ist, dass ich hier oft den halben Tag verbringe und etwa Goethes „Wahlverwandtschaften“ hier gelesen hätte – in einem Zug…

Wahr ist allerdings, dass ich einst ganz unschuldig, in spannende Lektüre vertieft, auf dem Klo saß. Plötzlich klopfte es. Draußen stand eine meiner Töchter mit dem tragbaren Telefon in der Hand und rief: „Papa, hier ist eine Frau mit einem komischen Namen, Ministerium oder so. Kackst du noch lange oder kannst du ans Telefon gehen?“ Als diese Frau Ministerium später wieder anrief, sagte sie: „Ihre Tochter macht ja schon tollen Telefondienst!“ „Ja“, stammelte ich und war erleichtert, dass sie mich nicht sehen konnte, denn ich wurde rot wie seit der Pubertät nicht mehr…

Doch zurück zu den Badezimmern. Als die oben beschriebene Fete vorbei war – was einige Zeit gedauert hatte – begann ich, systematische soziologische Studien anzufertigen zum Thema „Das Badezimmer als Träger bäuerlicher Kultur“. Ich gründete die „Arbeitsgemeinschaft bäuerliche Badezimmer“ (AbB). Ich war ständig unterwegs und ging bei den Bauern aufs Klo. Dort schoß ich dann heimlich Polaroids. Inzwischen bereite ich eine große Ausstellung zum Thema vor. Arbeitstitel: „Wo die Wurst hängt – Bauern und ihre Badezimmer“.

Eines kann ich jetzt schon sagen: Das Bauernklo ist besser als sein Ruf. Was nicht bedeutet, dass man dort keine skurilen Entdeckungen machen könnte. Doch ganz so trostlos wie in Detlef Bucks unvergessener Filmszene – er sitzt auf dem Klo, von Fliegen umschwirrt, den Misthaufen im Blick und ruft: „Oma, Papier is' alle!" – ganz so trostlos sieht es nicht aus. Allerdings ist eine deutliche Vorliebe für kuhschietfarbene Fliesen nicht von der Hand zu weisen, wobei die Farbtöne je nach Futterration von maissilagehellbraun bis frischwiesendunkelgrün variieren. Oft wachsen auf den Fliesen auch noch Rohrkolben, Enten fliegen vor herbstlichen Bäumen – oh grandiose Motivkacheln!

Neulich, bei den Eltern eines Freundes, – ein Fund von nicht abschätzbarer archäologischer Bedeutung. Ein (aktueller) Raiffeisen-Kalender und als einzige Lektüre ein Exemplar von „Das Beste aus Reader's Digest", Februar 1983, Titelthema „Sex in der Sowjetunion: ein Tabu?" Ich klaute es, jetzt liegt es in unserem Bad. Dort, wo es vorher lag, liegt jetzt eine aktuelle Ausgabe – von August 1986...

Nur bei meinem Nachbarn, dem Junggesellen, habe ich noch nicht fotografieren können. Als ich zuletzt da war, traf ich ihn bei der Reinigung des Bades. Er stand darin, mit Gummistiefeln und Melkerschürze angetan, und betätigte den Hochdruckreiniger. „Oh, du putzt?" rief ich ihm zu. Und er antwortete: „Ja, ich habe grad die Küche abgespritzt, da habe ich gedacht, mach man das Bad gleich mit..."

Es war neblig dort. Ich kann gar nicht mal sagen, ob er Motivfliesen hat. Morgen fahre ich hin, ganz bestimmt, um mir irgend etwas auszuleihen. Diese Ungewissheit, sie lässt mir einfach keine Ruh...

Besuch vom Fernsehen

Es war schon spät, ein Abend Mitte Juni. Wir waren noch am Heuabladen. Es war Regen angesagt, doch das schon pressfertige Heu hatten wir uns noch von der Koppel gestohlen. Vier Hektar lagen noch draußen, mussten noch weiter trocknen. In einer Mischung aus Erleichterung und Enttäuschung warf ich die Ballen auf den Höhenförderer, während sich am Himmel dunkle Wolken aufzutürmen begannen.

Plötzlich klingelte mein Mobiltelefon. Eine junge, dynamische Frauenstimme meldete sich. „Guten Tag, ich bin Inka Ose vom Hauptstadtstudio der ARD. Wir wollen morgen in den Tagesthemen einen Bericht zur Agrarwende bringen und möchten dazu gern ein Interview und ein paar Bilder von einem umstellungswilligen Landwirt bringen. Ihre Nummer habe ich von Bioland. Dürfen wir zu Ihnen kommen?“ – „Ja, wann denn?“ – „Wir sind morgen früh halb zehn bei Ihnen. Ist das recht?“ – „Äh, wie lange wird das denn dauern?“ – „In einer halben Stunde sind Sie durch damit.“

Und weg war sie. Oh, ich komme ins Fernsehen, dachte ich. Na, mal sehen, wie das wird. Ob ich wohl meine Liebste grüßen darf?

Am nächsten Morgen regnete es. Holsteiner Dauerregen war angesagt, den ganzen Tag lang. Im Melkstand erzählte ich meiner Mutter von meinem geplanten Fernsehauftritt. „Für so was hast du Zeit!“ schimpfte sie. „Was kriegst du denn dafür?“ Daran hatte ich nicht gedacht, eine Gage auszuhandeln. Tut man das? „Ach, Mutter, ich helfe mit, die Bevölkerung aufzuklären!“ Sie lachte fies und lauthals. „Du sollst mal lieber den Kälberstall ausmisten!“

Um viertel nach neun war ich fertig, hatte frische, saubere Arbeitsklamotten an, trank noch einen Kaffee und wartete. Legte mir erste Sätze zurecht. Halb zehn. Viertel vor zehn. Halb elf. Keine Inka Ose zu sehen. Komischer Name. Fünf nach halb elf ein kurzer Anruf. „Wir werden uns ein wenig verspäten, ich habe kein Kamerateam bekommen!“

Es regnete immer noch. Ich wollte noch ein wenig Silo reinfahren und baute die Silozange an den Frontlader. Plötzlich Autogeräusche und zwei Wagen, die so schnell auf den Hof fuhren, dass die Katzen fauchend Herzkasper kriegten. Eine Frau – Inka Ose – und drei junge Kaugummi kauende, schlabberbehoste Männer: das Kamerateam. Ich begrüßte sie. Der eine sagte: „Mit dem Hemd wird das aber nichts!“ Ich blickte auf mein Streifenhemd. „Wieso?“ – „Sie flimmern! Haben Sie noch ein anderes?“ – „Nein, das ist mein einziges!“, sagte ich und ging los, ein anderes anzuziehen, während Inka Ose mit dem Handy telefonierte und das Team Probeaufnahmen machte, um das Licht auf meinem Hof zu testen.

Als ich zurückkam, steckte Inka Ose das Handy weg. „Also, wir hätten gern ein paar Bilder von Ihnen bei Ihrer

Arbeit und ein paar Statements von Ihnen zur Agrarwende. Was haben Sie da gerade gemacht, das sah interessant aus?" – „Ich habe die Silozange angebaut." – „Dürfen wir das filmen?" – „Klar!"

Also stellte ich mich hin und schraubte die Hydraulikanschlüsse für die Silozange wieder los, um sie gleich wieder festzudrehen. „Hast du das, Joey?" – „Ja, aber er sollte dabei anders gucken." – „Könnten Sie dabei irgendwie versonnen in die Ferne gucken, so ein bisschen philosophisch?" – „Na ja, ich kann's versuchen..."

Inzwischen ziemlich nassgeregnet – das Filmteam stand derweil unter dem vom ziegenbärtigen „Mädchen für alles" gehaltenen Regenschirm – fing ich an, vor Kälte und Aufregung zu zittern. Also losschrauben, wieder festschrauben, dabei blöd ins Leere glotzen. Nur, wenn man versonnen wo auch immer hinguckt, kann man die Hydraulikanschlüsse nicht festschrauben. Der Schlauch fiel mir runter. Als ich nach ihm fischte, stieß ich mir den Kopf am Frontlader, und Hydrauliköl tropfte mir ins Haar. Ich kam mir vor wie Dick und Doof in einer Person, in irgendeinem Slapstickfilm.

Noch ein Versuch. Diesmal klappte es, aber Joey sagte: „Die Gerümpelecke dahinten ist als Hintergrund zu unruhig. Sind wir hier eigentlich auf'm Schrottplatz? Hätten Sie nicht aufräumen können, bevor wir kommen?"

Inka Ose telefonierte. „Das kann noch dauern...", sagte sie zu ihrem Handy. Joey fragte mich: „Haben Sie eine Ecke auf dem Hof mit 'ner schönen Aussicht, wo wir diese Aufnahmen machen könnten?" – „Ja, da oben, auf dem Berg, unter der Hainbuche." – „Dann lassen Sie uns dahin!" – „Das ist aber unlogisch“, sagte ich, „kein Mensch baut seine Silozange mitten auf dem Feld an!“ – „Das merkt doch keiner!“, sagte Inka Ose, also fuhren wir dorthin, und nach drei weiteren Versuchen, gleichzeitig philosophisch in die Ferne zu gucken und dabei Hydraulikanschlüsse anzuschrauben, waren die Bilder im Kasten, und ich war völlig durchnässt. Ich fror und hatte schrecklich kalte Füße.

Inka Ose sagte. „Wir hätten gerne noch ein paar Bilder von Ihnen, wie Sie mit dem Trecker Feldarbeit verrichten. Ist das möglich?“ – „Frau Ose“, sagte ich, „es regnet in Strömen, schon den ganzen Tag.“ – „Das würde Ihren Hof aber toll rüberbringen. Ist das ganz unmöglich?“ – „Nun, am anderen Trecker ist der Heukehrer. Ich könnte wohl zwei, drei Mal um die Koppel fahren, extra für Sie.“ – „Oh, danke!“, schrie sie hysterisch und küsste mir die Wange. „Heyhey,“ sagte ich, „benimmt man sich so im Hauptstadtstudio?“

Also, rauf auf den anderen Trecker, mit dem Heukehrer zur Heukoppel, im strömenden Regen – das Filmteam hinter mir her. Als wir beim Nachbarn vorbeikamen, stand er wettergeschützt im Scheunentor und rauchte Pfeife. Ich hielt an. Er rief: „Na, ist dein Heu schon bald gut?“ Ich antwortete: „Joo, ich will jetzt noch mal kehren und nachher vielleicht pressen.“ – „Denn man frohes Schaffen!“ wünschte er. Ich meinte, ein leichtes Kopfschütteln zu sehen. Natürlich hätte ich ihm alles erklären können: „Hör zu, ich kann alles erklären, es ist nicht so, wie du denkst...“, aber dazu war keine Zeit, der Besuch des Fernsehens hatte schon jetzt zuviel Zeit gekostet. Ich ließ den Trecker wieder an; ich grüßte; er grüßte; hilflos lächelnd stand er dort im Tor und überlegte wahrscheinlich, ob er im Telefonbuch die Nummer eines psychiatrischen Notdienstes würde finden können. Er musste mich einfach für nunmehr komplett übergeschnappt halten...

Auf der Koppel angekommen, wendete ich zunächst das patschnasse Heu, während ich von allen Seiten gefilmt wurde. Ich hoffte nur, dass mich kein weiterer meiner Berufskollegen beobachtete, doch mir war, als lasteten Dutzende Augenpaare auf mir, jede Bewegung registrierend, versteckt im Knick.

Ich drehte meine Runden, wieder und wieder, Gegenlicht, Weitwinkel, Frosch- und Vogelperspektive. Dann wollte Joey noch Nahaufnahmen von mir während der Treckerfahrt. Also legte er sich auf die Motorhaube. Ich blickte versonnen, aber Joey rief: „Nein, nun nicht versonnen gucken! Das hatten wir vorhin! Jetzt brauchen wir Sie jung und dynamisch!“ Ich antwortete: „Ich kann nicht dynamisch, und jung schon gar nicht. Beim Treckerfahren guck ich nun mal so, da denke ich immer nach! Oder ich träume!“ Er aber schrie: „ Oh, kommen Sie schon, zeigen Sie mir, wie entschlussfreudig und durchgreifend Sie sind!“ Ich konnte nicht mehr, ich konnte nicht. Ich kann nur so still ins Leere gucken, wenn ich Trecker fahre. Meistens träume ich dabei. Deswegen geht bei mir ja auch immer so viel kaputt. Ich schrie gegen den Treckerlärm an: „Joey, du arschloser Schlabberhosenfuzzi, halt die Klappe! Seit drei Stunden mach ich mich hier zum Gespött des Dorfes, bloß damit du ein paar Bilder kriegst, also sei still und mach deine Arbeit!“

Und er war begeistert: „Ja, genau so, bleiben Sie so, ach, diese Dynamik! Sie sind so süß, wenn Sie sich aufregen!“

Plötzlich wusste ich, warum man so etwas niemals sagen sollte. Ich trat auf die Bremse, und Joey rutschte samt Equipment auf der Motorhaube nach vorne, bis er schließlich aus meinem Blickfeld verschwand. Nicht schlecht, diese nach vorne abgeschrägten neuen Treckermotorhauben. Ein Grinsen zauberte sich auf mein Gesicht. Das fühlte sich gut an.

Als wir wieder auf dem Hof ankamen, waren dreieinhalb Stunden vergangen. Jetzt wollten sie noch ein Statement. Inka Ose sagte: „Der Beitrag über Landwirtschaft heute Abend wird ca. zwei Minuten lang sein. Auf Sie, Ihren Fall und Ihren Hof entfallen davon ca. 20 Sekunden. Wir brauchen jetzt noch einen O-Ton von Ihnen, welcher kurz, knackig und kompetent ist! Sagen Sie uns, was sind Ihre Befürchtungen im Hinblick auf die Agrarwende? Am besten, Sie halten dabei eine Kuh im Arm!“

Wir gingen also in den Stall. Die Tiere waren alle auf der Weide, nur ein paar Kälber nicht. Die erwiesen sich allerdings als sehr widerspenstig. Sie wollten einfach nicht ins Fernsehen. Jetzt endlich weiß ich, dass es nicht nur an Kanzler Kohl allein lag, dass sie bei seinem Bauernhofbesuch am Wolfgangsee die Kälber, die er für die Bildmedien tätscheln sollte, immer unter Drogen setzen und anbinden mussten.

Schließlich hatte ich eines im Arm. Es röchelte, und wir mussten warten, bis es damit aufhörte. Es wollte aber nicht aufhören; es verlangte nach einer Beruhigungsspritze. Als die zu wirken begann, sank das Kalb friedlich in meine

Arme. Mit den Fingern in den Augenwinkeln hielt ich ihm die Augen auf und den Kopf aufrecht.

Joey, der bis auf eine kleine Blessur am Bein unverletzt geblieben war, sagte: „Gemeiner, langweiliger Biobauer die erste, Klappe!“, und ich legte los: „Mein Name ist Matthias Stührwoldt, ich bin Landwirt und stelle meinen Hof gerade auf ökologische Landwirtschaft um. Insgesamt verbinde ich mit der Agrarwende die Hoffnung...“ – „Stop,“ rief Joey, „nicht in die Kamera gucken! Noch mal: Gemeiner, langweiliger Biobauer die zweite, Klappe!“

Wieder fing ich an, aber jetzt unterbrach mich Inka Ose. „Das wird zu lang. Wir haben nur fünf Sekunden für Ihren Wortbeitrag! Sie sollen nicht die Welt erklären, Sie sollen sagen, was Sache ist!“ Da verlor ich die Geduld. „Verdammt noch mal, suchen Sie sich 'nen anderen Idioten! Ich bin Bauer und kein Blödmann!“ „Schnitt!“ rief Joey, und Inka Ose sagte: „Na, das nenn' ich kurz und prägnant. Danke für diese klare Aussage!“ Und sie packten ihre Sachen ein, stiegen in ihre Autos und brausten mit durchdrehenden Reifen los, so dass auch die letzten noch lebenden Katzen Herzkasper kriegten.

Abends kündigte sich bei mir eine fette Erkältung an. Eigentlich wollte ich Tagesthemen gucken, aber kurz vorher klingelte das Telefon. „Ja, hier Inka Ose. Tut mir leid. Der Landwirtschaftsbeitrag ist gestrichen. Wir müssen über die Affäre um die gestohlenen Popel von George W. Bush berichten. Aber wenigstens haben wir jetzt schöne landwirtschaftliche Aufnahmen fürs Archiv. Und, also, Ihr Spruch: Ich bin

Bauer und kein Blödmann! Das wird das Zitat des Jahres! Versprochen!“ Und zack war ich aus der Leitung.

Am nächsten Morgen sagte Mutter im Melkstand: „Ich bin gestern Abend extra aufgeblieben. Ich denk, du solltest im Fernseher kommen?“ – „Ach Mutter“, antwortete ich, „du hattest recht. Ich hätte lieber Kälber misten sollen!“ Und wie zur Bestätigung meiner Worte nieste ich heftig, wieder und wieder. Ich hatte nicht mal die Liebste grüßen können. Statt einer Karriere in Film und Fernsehen winkte mir jetzt strenge Bettruhe – und dabei lag das Heu noch draußen. Und außerdem musste ich dem Nachbarn dringend noch etwas erklären...

Helden der Arbeit balzen im Regen

Es waren furchtbar heiße Tage im August. Wir fuhren Stroh. August hieß damals, als wir noch einen Anbindestall hatten: Strohfahren ohne Ende. Wir brauchten im Winter viel Stroh zum Füttern und zum Streuen; unser eigenes reichte dafür nicht. Wir bekamen welches – super sauber gespritzt – vom viehlosen Gutsbetrieb in der Nachbarschaft. Aber wir mussten schnell sein; denn nach dem Weizen sollte noch Raps gesät werden. Eigentlich – so der Verwalter – müsse das Stroh direkt aus dem Mähdrescher in die Pick-ups der Strohpresse fallen. Also beeilten wir uns. Manchmal fuhren wir am Tag dreißig Hänger Stroh ein, vom frühen Vormittag bis zum späten Abend.

Mein Vater presste, unser Nachbar fuhr mit den Gitterwagen zwischen, und zu Hause luden meine Freunde und ich ab und packten auf dem Heuboden, während meine Mutter den ganzen Stall alleine machte und uns außerdem noch mit Unmengen von Essen versorgte.

Wir waren gut eingespielt; wir schafften was weg, und später saßen wir immer – hinter den Ohren noch schwarz vor Staub – bei einem opulenten Abendmahl in unserer Küche, tranken Bier und ließen es uns gut gehen.

In jenem Jahr hatten wir ein neues Dach über dem Heuboden. Die inzwischen löchrigen, atmungsaktiven Wellpapp-Platten hatten ausgedient, nun hatten wir ein schwarzes Blechdach, das verwegen in der Sonne blitzte, so als grinste es fies.

Die Hitze darunter war unmenschlich, und nirgends ein Loch im Dach, um nach Luft zu schnappen. Es war gemein. Ging man auf den Boden, so war es, als schlüge einem jemand einen heißen Hammer vor den Kopf. Unser Schweiß tropfte leise ins Stroh, und wir schwiegen bei der Arbeit, was wir sonst nicht taten, weil es eigentlich immer etwas zu bekakeln oder zu lachen gab. Mit dem Abladen draußen auf dem Hänger wechselten wir uns ab, zum ersten Mal. Sonst war das meine Domäne gewesen, ich hatte immer behauptet, das könne sonst keiner. Aber nun drohte die Mannschaft zu meutern; jeder wollte mal an der etwas frischeren Luft arbeiten – und wollte ich nicht alles alleine machen, so musste also auch ich selbst unters Dach. Das war ein Dammbruch, ein historischer Verlust von Privilegien für mich.

Das Strohfahren ging nun schon aufs Ende zu. Einen halben Tag würden wir noch brauchen. Es war heiß und schwül; für den Abend waren schwere Gewitter angesagt. Bis dahin mussten wir fertig sein.

Wir arbeiteten wie blöd, und es schien, als würden wir auch blöd davon. Wir grunzten nur noch miteinander, und beim Ballenschmeißen röchelten wir wie John McEnroe beim Aufschlag. Der eine Hänger war noch nicht leer, da stand schon der nächste bereit, und der Nachbar fuhr mit Vollgas, immer neue zu holen.

Am frühen Nachmittag zogen erste schwarze Wolkenwände auf; doch der Wind blies sie weiter Richtung Ostsee. Nur einmal fielen sieben schwere Tropfen, und es wetterleuchtete am finsteren Himmel. Noch aber wollte es nicht regnen, noch nicht.

Erst, als wir das letzte Fuder abluden, ging der erste kurze Schauer nieder. Da war das Feld schon geräumt; nun ging die Arbeit leicht von der Hand, es blieb aber heiß und schwül.

Später saßen wir in der Küche und tranken Kaffee und Bier. Draußen wurde es dunkler und dunkler. Es blitzte, donnerte, dann brach es los, als wäre irgendwo ein Deich gebrochen. Eine Mauer aus Wasser stürzte herab – man konnte nicht von der Haustür bis zum Stall gucken. Wir standen auf der Veranda und blickten in ein Meer, das vom Himmel fiel. Fehlten nur die Fische.

Die Luft war wunderbar kühl; es war frisch; es war alles, was wir uns gewünscht hatten, als wir gekocht worden waren dort unter dem schwarzen Blechdach.

Ulrich und ich starrten uns an, dann ins Wasser und dann wieder einander in die Augen. Wir hatten den gleichen Gedanken. Wir rissen uns unsere Klamotten vom Leib und rannten hinaus in den Regen. Wir tanzten, wir sangen, wir riefen, wir balgten, wir balzten. Wir balzten? Ja, wir balzten. Das hatten wir uns von den Auerhähnen abgeguckt. Es war ein Schulhofritual von uns. Immer wenn besonders schöne, besonders alberne Gockel in unserer Nähe vorbeistolzierten, legten wir die Köpfe in den Nacken, schoben die Brust raus und wackelten aufeinander zu, um mit einem Schrei, der sich anhörte wie ein bremsender Güterzug, gegeneinander zu springen. Reiner und Jürgen hießen die fürchterlichsten Hähne unserer Schule. Unser Balzruf war infolgedessen ein langgezogenes, gekreischtes „Reijüüüürg!".

Reiner wollte immer Bundeskanzler werden, aber es reichte nur zum Vorsitzenden der Jungen Union in Plön. Ein Popper – ja, so etwas gab es in den 80er Jahren – der ständig den Kopf schief halten musste, damit die Tolle nicht verrutschte.

Und Jürgen war der peinlichste überhaupt. Auf seinem Auto prangte tatsächlich der legendäre Aufkleber „Einsamer sucht Einsame zum Einsamen". Jahre später, bei einem Klassentreffen, kam er zu Ulrich und mir und sagte: „Ich mach jetzt in Kreditgeschäften." Und Ulrich fragte, schlagfertig wie nie zuvor: „Pisst du in die Bank, oder was?" Wir bissen in den Tisch; unser Lachen gellt noch heute in meinen Ohren. Jürgen trollte sich und sprach niemals wieder mit uns.

Aber zurück zum Balzen. Das taten wir jetzt, nackt, im Regen. Wir balzten, mit winkenden Finken, hüpften durchs Wasser und schrieen: „Reijüürg!" So einfach kann Glück sein.

Dann sahen wir, dass die Regenrinne über der großen Diele überlief. Ein Sturzbach ging darunter nieder. Wir rannten dorthin, kreischten, hopsten und tanzten durch die

Wasserwand, wieder und wieder, riefen unseren Balzruf und jauchzten und juchzten.

Eine Milchkundin hatte sich in unserer Diele untergestellt. Sie wollte vor dem Heimweg noch das Ende des Schauers abwarten. Wir hatten sie nicht bemerkt, sie uns aber sehr wohl.

Aufmerksam hatte sie uns beobachtet, dann lief sie kopfschüttelnd durch den Regen davon. Sie kam niemals wieder.

Im Dorf hieß es bald, bei uns feierten halbwüchsige Homos wilde Sexfeten, und der Junior mittenmang! Im Gemeinderat wurde eine aktuelle Stunde anberaumt. Fast hätte mein Vater als Gemeindevertreter zurücktreten müssen. So gefährlich kann ein bisschen Balzen sein. Reijüüüürg!

Henni im Moor

Ja, ja, ich gebe es zu. Ich habe ein Handy. Zwar ist Handy ein höchst bescheuerter Begriff, aber ich will nicht für einen Snob gehalten werden, wenn ich immer umständlich „Mobiltelefon" sage. Deshalb hat unser Handy einen Namen bekommen. Es heißt Henriette und wird „Henni" gerufen. Aber es hört nicht darauf. Die meiste Zeit ist es nämlich verschollen und liegt irgendwo auf dem Heuboden, auf dem Trecker, im Güllepott. Dabei kann es durchaus praktisch sein.

Einst, als es noch keine Mobiltelefone gab, da war ich in der Lehre und sollte Getreide nach Kiel bringen. Mitten auf dem Westring – einer wirklich vielbefahrenen Straße – hatte einer der Anhänger einen Platten. Ich stand also richtig prima im Weg und war ein ziemlich gutes Verkehrshindernis. Ich wollte meinen Bauern anrufen, damit er mir zu Hilfe eilt. Einige Meter weiter stand eine Telefonzelle, und ich hatte sogar Kleingeld dabei. Neunzig Pfennig. Ich brauchte dreißig für einen kurzen Anruf. Das Geld sollte also reichen.

Ich wählte die Nummer. Martin war dran, der zweijährige Sohn des Bauern. „Hallooooo?" – „Hallo, Martin, hier ist Matthias, der Lehrling. Ist deine Mutter da? Oder dein Vater?" – „Halloooo, du, wir ham 'nen neu'n Wauwau!" – „Ja, Martin, ich weiß, gibst du mir mal deine Mama?" – „Jaa." Sagte er und hängte ein.

„Scheißgör!" fluchte ich. Sechzig Pfennig hatte ich ja noch. Neuer Versuch. „Hallooooo?" Oh, nein! Ich nahm mich zusammen. Ich blickte nach draußen. Es gab schon einen beträchtlichen Stau; Autos hupten. Nur nicht die Nerven verlieren. „Martin, Kleiner, hör mal zu, du legst jetzt den Hörer neben das Telefon, hörst du, und dann holst du schnell deine Mama!" – „Hallooooo, wir ham 'nen neu'n Wauwau!" – „Martin, hol jetzt deine Mama!" – „Uääh!" fing er an zu heulen, dann legte er auf.

Ich dachte, besser ist es jetzt, ein wenig zu warten. Vielleicht ist die Bäuerin kurz draußen beim Milchwagen oder beim Futteranfegen. Ich verließ die Telefonzelle, stellte ordnungsgemäß das Warndreieck auf und ließ mich ein wenig von gestressten Städtern anquaken. Dann ging ich zurück.

Letzter Versuch. Tief durchatmen. Wählen. „Hallooooo?" – „Hallo, Martin, gib mir bitte schnell deine Mutter, ich bring dir auch was mit aus Kiel! Bitte!" – „Hallooooo, wir ham 'nen neu'n Wauwau!" – „Bitte, deine Mutter! Gib sie mir!" – „Ja, ich hol sie!" Und – eingehängt. Das letzte Geld fiel durch.

Inzwischen war die Polizei eingetroffen. Sie sicherten die Pannenstelle und versuchten, meinen Bauern anzurufen. Eine halbe Stunde lang mussten sie sich etwas vom neuen Hund erzählen lassen, dann war die Bäuerin dran. Im Stall hatte eine Kuh gekalbt.

Für solche Situationen ist ein Mobiltelefon gut. Da geht einem wenigstens nicht das Kleingeld aus; erfolgreich aber sind solche Anrufe auch nicht, wenn man nur mit den lieben Kleinen sprechen darf.

Neulich versuchte jemand mich zu erreichen. Er hatte unsere Jüngste dran, fünf Jahre alt. Die kam auch gleich zu mir gelaufen. „Papa, da hat einer angerufen. Das ist wichtig, du sollst ihn zurückrufen!" – „Ah, ja, wer war das denn?" – „Ich hab den Namen nicht verstanden." Was soll man dazu sagen?

Nun gut, ich könnte Henni ständig bei mir tragen und allen Leuten, die potenziell etwas von mir wollen, die entsprechende Nummer geben. Allerdings kann ich mich einfach nicht daran gewöhnen, dieses hässliche Ding mitzuschleppen. Es gibt einfach keine stilvolle Art, ein Handy mitzuführen. Entweder man sieht aus wie ein Zuhälter oder wie ein elender Gebrauchtwagenverkäufer. Und wie peinlich erst, wenn es in aller Öffentlichkeit klingelt und man brüllt sich in die hohle Hand und alle hören mit. So wie die blöden Im-Zug-Telefonierer. „Ach, Herta, die Verbindung ist gerade nicht so gut. Ich ruf dich später wieder an!" Absolute Nullkommunikation, an Inhaltsarmut nur vom RTL 2-Programm zu übertreffen. Nein, im Zug oder im Restaurant oder im Konzert oder wo auch immer – da sind nur Telefonate erlaubt, wenn es um Leben und Tod geht. Aber da stehen sie, oder sitzen, und labern oder schicken Nachrichten, die Daumen dick wie Unterarme.

Wie das geht, habe ich nie begriffen. Aus der absolut unverständlichen Gebrauchsanweisung meines Mobiltelefons – kiloschwer und bibeldick – habe ich nach zwei Tagen herausgelesen, wie ich Anrufe entgegennehme und wie ich selber anrufe. Mehr wollte und will ich nicht. Ein fünfzehnjähriges Mädchen aus der Nachbarschaft – selber mit gut trainiertem Daumen – wollte mir einmal mehr beibringen, aber nach wenigen Minuten verlor sie die Geduld und brüllte mich an. Am liebsten hätte sie mich wohl ins Pflegeheim eingewiesen.

Mein Hauptargument, ein Handy anzuschaffen, war immer, dass ich Hilfe anfordern könnte, wenn im Moor eine Kuh an Milchfieber leidet oder ich mich festgefahren habe. Dann muss ich nicht erst nach Hause fahren bzw. laufen. Aber wenn mal etwas ist, dann habe ich Henni sowieso nicht dabei. Oder mir fällt die Nummer des Nachbarn nicht ein, der eigentlich nur übers Handy zu erreichen ist, und ich habe ja keine Ahnung, wie das Einspeichern der Nummern geht.

Irgendwann saß ich mit dem Güllewagen im Moor fest. Langsam, aber stetig sackte der Anhänger tiefer. Ich versuchte, den Nachbarn zu erreichen. Bei ihm zuhause meldete sich nur die greise, schwerhörige Oma. „Mien Enkel ist nicht da." – „Ja, das hab ich mir gedacht. Können Sie mir seine Telefonnummer geben, die von seinem Handy?" – „Ja, dat Schietding hätt he wohl mit." – „Aber ich hab die Nummer nicht. Können Sie die mir geben?" Sie verstand nicht und fing von vorne an. „Mien Enkel ist nicht da." Fünf Minuten versuchte ich es, dann gab ich es auf. Vom Güllewagen war nichts mehr zu sehen. Ich hörte nur noch das Gurgeln des Moors. Gerade eben kriegte ich noch den Bolzen aus dem Zugmaul und stellte mir vor, wie Archäologen in ferner

Zukunft hier Relikte religiöser Güllekulte ausgraben würden.

Und wenn mich jemand anrufen will, der meine Handynummer hat, und ich habe es sogar mit und sogar an, dann ist der Trecker so laut oder im Melkstand ist kein Empfang. Außerdem drück ich meist auf den falschen Knopf – oder drück zumindest den falschen Knopf mit, denn die Dinger sind zu klein und zu dicht beieinander für meine Bauernpranken – und zack, ist das Gespräch weg.

Manchmal finde ich nach zwei Wochen verzweifelte Hilferufe des Nachbarn auf der Mailbox. Auch er hat Land im Moor und fährt sich fest und versenkt landwirtschaftliche Maschinen in der Tiefe des Sumpfes.

Tja, so ist die Welt der modernen Kommunikation. Sie könnte so schön sein. Theoretisch. Aber so richtig hilft mir der ganze Kram nicht weiter. Schließlich gibt es ebenso telefonbegeisterte wie verständnisarme Gören, schwerhörige alte Leute und nicht zuletzt mich selbst, der das technische System immer wieder zum Versagen bringt. Aber ich übe fleißig. Also: Ruf doch mal an!

Ein stinknormaler Samstagnachmittag

Wenn ich so an meine Geschichten denke, dann fühlt es sich fast so an, als verbrächte ich die halbe Zeit meines Lebens mit Liebesabenteuern, die andere Hälfte damit, hinter entlaufenen Rindern herzurennen.

Dieser Schein trügt erheblich. Zunächst mal sei klargestellt, dass alles, was ich schreibe, erstunken und erlogen und somit reine Fiktion ist. Und wenn ein Fünkchen Wahrheit daran sein sollte, nun ja, ich gebe es zu. Vieles, was ich tue und tat, geschah, um Frauen zu beeindrucken. Meistens jedoch ohne Erfolg, jedenfalls mittel- und langfristig. Ich bin alles andere als ein Frauenheld, ich bin so schüchtern, dass ich zu zittern und zu stottern beginne, wenn ich der Frau meines Herzens näher komme. Ein Glück, dass irgendwann die Liebste meine Hand nahm und sie nicht mehr los ließ, sonst würde ich noch heute irgendwo stehen und stammeln. Und doch gibt es noch ungeschriebene Geschichten zum Thema Liebe – meine Pläne beispielsweise, mit der schwarzgewandeten Vegetarierin auf einer einsamen Insel einen gewaltfreien Bauernhof zu bewirtschaften, auf dem alle

Tiere irgendwann eines natürlichen Todes sterben sollten. Oder das liebevolle Gefühl in mir, wenn ich stinkende Gülleschweineställe rieche, weil meine erste große Liebe Tochter eines Schweinebauern war – aber noch ist mein Leben ja nicht zu Ende, vielleicht wird ja noch etwas daraus. Aus den ungeschriebenen Geschichten, nicht aus der Sache mit der Vegetarierin oder der Schweinebauerntochter. Die Zeiten sind vorbei. Und, nun ja, meine Geschichten von fliehenden, ausgebüxten oder durchgeknallten Rindern allen Alters und Geschlechts – sie könnten den Eindruck erwecken, ich sei ein Fiesling, jemand, der seine Tiere schlecht behandelt, so dass diese nichts Besseres zu tun haben, als vor mir davon zu laufen. Auch dieser Schein trügt. Vierhundert Tage im Jahr stehen meine Rinder friedlich im Stall oder auf der Weide. Meistens freuen sie sich sogar, mich zu sehen, denn oft habe ich Schrot oder Heu dabei. Aber es wäre langweilig, Geschichten über friedlich auf der Weide grasende Kühe zu schreiben und zu lesen. Also schreibe ich von den außergewöhnlichen Tagen, von jenen, an denen die Rinder nicht stehen oder liegen, sondern laufen oder rennen.

Wie neulich. Ein stinknormaler Samstagnachmittag. Ein wenig heiß, aber nicht ungewöhnlich... Meine Eltern waren schon am Melken; ich wollte einige Kälber umstellen. So brachte ich also eines, ein drei Wochen altes Kuhkälbchen mit Namen „Ebbe", von einer Box in einem Stall zu einer anderen Box im anderen Stall. So weit, so gut.

Als ich das zweite Kalb holte, stand Ebbe wieder auf dem Hof. Es musste über die Boxenabtrennung gesprungen sein.

Ich brachte zunächst das andere Kalb in den Stall und schloss die Tür.

Da stand Ebbe. Nervös tänzelnd im Sonnenlicht, gelegentlich vor seinem eigenen Schatten scheuend, die Ohren vor- und die Augen hochgeklappt. Den Kopf erhoben.

Normalerweise beruhigt sich solch ein Tier ja wieder, nachdem es sich ein wenig ausgetobt hat und kehrt zur Herde oder zum Stall zurück. Normalerweise spräche also alles für Gelassenheit. „Lass es in Frieden", wie mein Nachbar sagt, „wenn es Hunger hat, kommt es zurück."

Schön und gut, diese Einstellung, aber nicht, wenn man – wie wir – dreißig Meter neben der Autobahn wohnt. Für mich stand also fest: Ich wollte, ich musste es fangen.

Ich dehnte noch kurz meine Muskeln. Ebbe stand auf dem Hof und hüpfte wie Mohammed Ali, als er noch Cassius Clay hieß, hin und her und her und hin. Es lief auf mich zu, ich hechtete in seine Richtung, aber es schlug einen Haken und rannte davon. Von nun an sollte ich es nur von hinten sehen.

Es rannte in Richtung Autobahn, ich in atemlosem Schrecken hinterher. Es lief parallel zum Zaun, solange dahinter die Böschung bewachsen war. Als dieser Bewuchs aufhörte, sprang es durch den Zaun und stand auf der Autobahn. Ich hörte Autos bremsen und wartete auf das Krachen. Es kam nicht. Als ich zum Ort des Geschehens kam, stand das Kalb vor einigen Autos, in elegantem Hopsen seine Kräfte zügelnd. Als es mich sah, rannte es fort, quer über die Autobahn. Ein Hopsen über die Mittelleitplanke, es stürzte, rappelte sich aber hoch und rannte weiter. Auf der anderen Seite der Autobahn war zum Glück gerade kein Verkehr. Rüber über die Böschung, über den Autobahnzubringer zum Radweg. Den fand es gut, den lief es entlang Richtung Dorf. Ich folgte mit bereits hängender Zunge in respektvollem Abstand, glücklich, dass es heil über die Autobahn gekommen war, ohne einen Unfall zu verursachen.

Ich hoffte, Ebbe würde nun über unsere Autobahnbrücke wieder in Richtung Hof laufen. Es blickte auch kurz dorthin, entschied sich aber für die Straße ins Neubaugebiet. Als ich jedoch an der Brücke vorbeikam, überlegte ich kurz, zum Hof zurückzukehren und spontan mehrere Wochen lang zu verreisen. Das war ein reizvoller Gedanke. Ich tat es nicht. Vielleicht hätte ich es tun sollen. Zu spät.

Wir rannten durchs Neubaugebiet. Die Leute warfen sich schützend vor ihre Grundstückseinfahrten, vor ihre neu angesäten Rasenstücke, vor ihre frisch gewaschenen Autos. Es war, wie gesagt, Samstag. Alles picobello, die Wegkanten mit der Nagelschere nachgeschnitten, die Pflastersteine frisch gefeudelt...

Ebbe lief daran vorbei. Nachdem wir das Neubaugebiet durchquert hatten, fand es den Weg zur Verbindungsstraße zwischen Stolpe und Wankendorf. Hier stand es zwischen Leitplanken auf der Straße. Hier kriegen wir dich, dachte ich, und dann wirst du mein erstes Spankalb sein.

Wir waren jetzt unmittelbar neben dem Reitplatz, auf dem gerade die nur alle fünf Jahre ausgetragene Stolper Pferdeleistungsschau stattfand. Einige Zuschauer hatten uns bemerkt und kamen zu viert von hinten und ich von vorn.

Ebbe tobte, guckte, tänzelte und schiss. Ein gutes Zeichen, dachte ich, es ergibt sich, doch dann nahm es den Kopf hoch, übersprang die Leitplanke, Böschung runter und rüber über den Reitplatz.

Dort war zum Glück gerade Pause. Die Leute standen und schnackten und dann sahen sie uns, das schlanke, elegante Kalb und dahinter den fetten Mann. Rund um den Reitplatz war ein Zaun aus Lärchenpfählen und Halblatten, ein alter Zaun. Ich wollte zeigen, was noch in mir steckte, packte einen Pfahl, um mich über den Zaun zu schwingen. Der Pfahl brach ab und mit ihm drei, vier weitere daneben. Das morsche Holz knirschte, und ich lag auf dem Arsch. Die Leute lachten, Szenenbeifall brandete auf. Sie hielten uns für die Pausenclowns, für die bezahlte Showeinlage. Ich verneigte mich kurz, dann rannte ich weiter; denn Ebbe wartete nicht auf mich.

An der Böschung zur Autobahn passte ein schlauer und schneller junger Mann auf, dass Ebbe nicht wieder dorthin lief. Es überquerte den Reitplatz noch einmal in entgegengesetzter Richtung und lief davon. Ich hinterher, so schnell ich konnte. Jemand wollte mir noch Geld zustecken, doch ich hatte keine Zeit.

Ebbe nahm die Straße nach Wankendorf. Schnell waren drei, vier Autos hinter ihm und trieben es vor sich her. Ich hielt einen Wagen an. „Folgen Sie dem Kalb! Schnell!" brüllte ich und stieg in das Auto, ebenso wie der schlaue schnelle junge Mann, dem die Verfolgung Spaß zu bringen schien und der mir beim Laufen das Gefühl vermittelte, im Vergleich zu seiner Geschwindigkeit rückwärts zu rennen. Er fragte: „Was ist so ein Kalb eigentlich wert?“ – „Zur Zeit etwa 40 Euro“, sagte ich, und er griff in seine Brieftasche. „Die können Sie auch gerne von mir haben.“ – „Aber darum geht es nicht, es geht darum, was jetzt alles passieren kann.“ – „Ach so“, sagte er und steckte die Brieftasche wieder weg.

Ebbe lief noch immer auf der Straße. Wir kamen nach Wankendorf, an Kirche und Friedhof vorbei. Dann kam einer von vorne, stieg aus, breitete die Arme aus – sicher ein Engel – und trieb das Kalb in einen Garten.

Ich witterte meine Chance. Instinktiv griff ich nach meinem Taschenmesser. Dann stürmte ich über den Rasen hinter das Haus. Eine Frau rief noch: „Das ist mein Garten!“, da sprang Ebbe schon über den Maschendraht auf das nächste Grundstück. Ich hinterher. Ebbe wiederum zum Zaun, drüberweg und durch eine dichte Buchenhecke. Ich hechtete hinterher und berührte Ebbes Schwanz, blieb aber in der Hecke stecken. Ebbe rannte weiter. Nun war es auf dem Hof der Feuerwehr. Hier hoffte ich auf eine Sackgasse und lief ihm nach.

Vor einem stabilen Eisenzaun blieb Ebbe stehen und wechselte die Richtung. Wieder hechtete ich und schubste es gegen den Zaun. Irgendwelche Knochen krachten, ich weiß nicht, ob meine oder seine. Es stand auf, beschleunigte und rannte quer über den Hof einer Tankstelle, quer über die Straße und sprang in die riesengroße Schaufensterscheibe einer Schlachterei. Hah, dachte ich, nur die allerdümmsten Kälber suchen ihre Schlachter selber!

Das Klirren war ohrenbetäubend. Ebbe stand auf. Leider war es nicht in der Schlachterei gelandet; da hätte ich gleich kurzen Prozess machen können. Es rannte weiter, vorbei am Nachbarn des Schlachters, der verzweifelt versuchte, das Kälbchen in seine Richtung zu locken, weil sein Bekleidungsgeschäftschaufenster auch mal einer Erneuerung bedurfte; doch Ebbe ließ sich nicht darauf ein. Endlich aber war es in der Sackgasse. Zum dritten Mal hechtete ich. Diesmal landete ich weich, auf dem Kalb. Ich machte mich schwer und hoffte, Ebbe würde beim Zappeln nichts Empfindliches treffen. Gemeinsam bluteten wir den Bürgersteig voll, bis mein alarmierter Nachbar uns mit seinem Geländewagen abholte.

Zwischendurch beantwortete ich Medienanfragen, stand der angerückten Hundertschaft der Bereitschaftspolizei Rede und Antwort und wollte eigentlich nur nach Hause. Man nahm meine Personalien auf und eigentlich erwartete ich, in Ketten gelegt zu werden, aber man ließ mich gehen.

Zu Hause hatte man schon nach mir gesucht. Keiner wusste, wo ich war, schließlich hatte ich mich nicht ordnungsgemäß abgemeldet, bevor ich die Verfolgung aufgenommen hatte. Meine Mutter fluchte, denn ich hatte die Kälber nicht getränkt, und meine Eltern wollten noch zu einer Silberhochzeit.

Nachdem Ebbe wieder in seinem Stall stand und der Nachbar fortgefahren war, kam die Liebste. Sie rief: „Eben haben sie im Radio gesagt, in Höhe Stolpe ist ein Kalb auf der Autobahn. Kann es sein, dass es uns gehört?“ – „Ach was“, sagte ich nur, „hier sind alle zu Hause. Aber ruf mal bitte beim Tierarzt an.“ – „Wieso?“

Nun, da musste ich die ganze Geschichte erzählen. Es wurde spät. Und statt mich zu bedauern, sagte die Liebste nichts weiter als „Na, da hast du ja wieder was, worüber du schreiben kannst!“ – „Niemals“, antwortete ich, „das glaubt mir doch kein Schwein!“

P. S. Ebbe hat dieses Abenteuer gut überstanden. Fünf große Schnittwunden an seiner linken Flanke mussten genäht werden, aber darunter hat Ebbe kaum gelitten. Ich hoffe, dass mal eine gute Milchkuh aus ihr wird. Für ein Spankalb ist es nämlich schon zu groß. Und die Kirschen in den Augen sehen immer so eklig aus...

Gebt den Bullen Namen!

Über Kuhnamen will ich schreiben. Neulich wurde in der einschlägigen Fachpresse von der Arbeit einer Schülerin berichtet, die zu diesem Thema gearbeitet hatte. Sie ist mir zuvorgekommen, war mein erster Gedanke. Damit hätte ich in der neunten Klasse punkten können, bei dem Deutschlehrer, der immer so begeistert war, wenn ich mir ein landwirtschaftliches Sujet ausgesucht hatte. Einmal schrieb ich über das schöne Leben eines Zuchtbullen, und der Lehrer kam zwei Wochen lang nicht aus dem Grinsen raus. Vielleicht war er einfach ein kleiner Lustmolch. Er guckte auch den Mädels immer auf den Hintern, wenn sie an der Tafel standen. Wir Jungs hätten das natürlich niemals getan!

Solange ich denken kann, hat es auf unserem Hof niemals Namen für Kühe gegeben, jedenfalls nicht systematisch und schon gar nicht für jede. Die große Masse der unauffälligen Tiere fristete ein ödes, namenloses Leben. Angesprochen wurden sie, wenn überhaupt, nur in potenziellen Konfliktsituationen, beispielsweise, wenn sie beim Melken treten wollten. Dann hießen sie erst „alte Tante“ (wobei ich mir immer Tante Lene aus Kiel vorstellte, denn die war richtig alt), kurz darauf „Drecksvieh“ und dann

„Misthund, elender". Spätestens dann mussten die Kühe aufhören zu treten, sonst wurde mein Vater rot im Gesicht und sagte überhaupt nichts mehr zu ihnen.

Auffällige Tiere hatten aber immer Namen. Ein Klassiker war beispielsweise „Flecki": wer Flecken hatte, hieß Flecki. Die Kühe mit ein bisschen Jerseyblut hießen „Jersey", mit Angeliterblut „Angler", Rotbunte „Rote". Nicht sonderlich originell, was?

Viele Kühe hatten Männernamen. Damals wurden innerhalb des Dorfes noch Tiere gehandelt, von Bauer zu Bauer. Bei uns bekamen die Kühe dann den Namen des Bauern, von dem sie stammten. So gab es bei uns einige Rudolfs, einige Hans-Walters, einige Wilhelms. Wobei die Wilhelms wirklich auffällig waren. Sie besaßen kein Hirn. Wenn ich heute darüber nachdenke, muss ich sagen: Da hätte man weiterzüchten sollen. Die ideale BSE-resistente Kuh: Denn wo nichts ist, kann nichts schwammig durchlöchert werden.

Wilhelm hatte nämlich eine eigene Art, die Kühe zu enthornen. Er brannte ihnen immer den halben Schädel weg, so dass sie spitz zulaufende Kegelköpfe behielten – kein Platz für Hirn. Sie torkelten leider aber auch so – ohne BSE – wie die Kuh in dem Video. Beim Treiben rannten sie garantiert in jedes Torloch rechts und links, weil sie sich nicht orientieren konnten. Auf diese Weise waren wir bald alle Wilhelms wieder los. Sie gingen einfach verloren.

Eine Kuh hatten wir, die hieß „Willy Brandt". Sie kam von einem Viehhändler, der entfernt mit dem ehemaligen Kanzler verwandt war. Aber Willy blieb nicht lange. Sie gab weder Cognac, wie mein Vater wohl gehofft hatte, noch gab sie überhaupt viel Milch. Als der Schlachter sie abholte, da sagte mein Vater: „So sind sie, die Sozis. Faul und schlecht für die Wirtschaft.“

Tja, und heute sind meine Eltern auf dem Altenteil, und ich gebe meinen Kühen Namen. Jedes Kuhkalb, welches nach dem 1. Juli 1999 geboren wurde, hat einen Namen bekommen. Meine Mutter meckerte: „Die schütt leber Melk geben as Namens kriegen!“. Jetzt wähle ich die Kuhnamen aus einer langen Liste aus, die mir der Landeskontrollverband zur Verfügung stellt, jedes Jahr ein anderer Anfangsbuchstabe. Anfangs war das B dran. Die erste, die einen Namen bekam, tauften wir natürlich „Birte“, wie die Liebste. Birte erwies sich zunächst als Nüker und fast als Totbleiber, aber nun hat sie gerade ihr erstes Kalb bekommen und ist eine schöne Starke.

Nach und nach wird der Anteil der Kühe mit Namen größer. Gemolken werden jetzt Birte, Bertel, Bahre und Baude. Baude heißt so wie ein Freund, der im letzten Jahr in die USA ausgewandert ist. Sie haben ihn reingelassen, obwohl er klein ist und eine Rübennase und einen Flugschein hat. Als Baude ihr erstes Kalb bekam – einen strammen Jungen – schrieb ich ihm, dass er nun Patenonkel eines Bullenkalbes sei. Er fühlte sich geehrt und schickte zur Taufe einen Satz Steakmesser. Es gab aber keine Taufe, handelt es sich bei unseren Rindern doch um arme Heidenrinder, wie es sich bei unseren Kindern um arme Heidenkinder handelt. Deswegen gedeihen sie nicht, sagt meine Mutter.

Nun haben wir drei Jahrgänge durch. Jede Menge Kuhnamen mit B, C und D. Zwar engt einen die LKV-Liste ein wenig ein, was die Kreativität betrifft (ich würde gerne mehr Männernamen verwenden), aber auch so gibt es einige schöne Namen, beispielsweise Bardame, Brikett, Bulette, Cinderella, Cleopatra, Cuba, Datscha, Demokratie und Domina. Das erste Kuhkalb mit E heißt Esel. Als ich die neue Liste bekam, schaute ich sie sofort nach außergewöhnlichen Namen durch und war etwas enttäuscht, dass ich meine Kälber zwar Erotika, nicht jedoch Erektion oder Ejakulation nennen durfte. Manchmal glaube ich, dass ich doch noch ein wenig in der Pubertät stecke. Ich bin aber auch erst 35!!

Bleiben die namenlosen Bullenkälber. Unsere älteste Tochter Marie, zeitweise selbsternannte Gleichstellungsbeauftragte auf unserem Hof, findet immer mal wieder, dass das eine große Ungerechtigkeit ist. Dann geht sie hin und gibt allen Bullen Namen, meisten Hupsi, Stubsi oder Pupsi, und gleichzeitig verlangt sie natürlich, dass Tiere mit Namen niemals zum Schlachter dürfen. Ich sage dann: „Das geht nicht“ und sie beschimpft mich wieder als großen Tierquäler und kramt die alte Geschichte hervor, als ich einmal ein Kalb am Ohr festhalten musste, damit es mir nicht fortlief.

Zum Schlachter müssen die Bullen nun mal, aber warum zum Teufel sollen sie keine Namen haben? Bullen mit Namen – das ist ein Ziel, für das es sich zu kämpfen lohnt! Allein schon im Interesse der Emanzipation! Vergesst die Agrarwende! Vergesst die Osterweiterung! Vergesst die Globalisierungskacke! Völker, hört die Signale! Gebt den Bullen Namen!

„Weiße Weihnacht, Tannenbaum und Zuckerei“

I.

Keine einzige weiße Weihnacht habe ich erlebt. Jedenfalls kann ich mich an keine erinnern. Selbst wenn – was selten genug vorkam – am vierten Advent eine dicke Schneedecke lag, spätestens am Morgen des Heiligen Abends taute es wieder, was das Zeug hielt, und der Hof war so voller Matsch, dass man Herrn Gummi, dem Erfinder des gleichnamigen Stiefels, ewige Dankbarkeit schwören wollte.

Was allerdings die ganze Sache mit den matschigen Weihnachten ziemlich unerträglich machte, das war das ständige Herumgenörgel der älteren Generation. Nicht einmal die Winter konnten sie in Ruhe lassen. Seit ich lebe, kriege ich bloß zu hören, dass meine Haare zu lang sind, dass mein Bart zu ungepflegt ist und dass es früher noch richtige Winter gab und nicht nur in jedem Jahr weiße Weihnachten, sondern weiße Ostern noch dazu. Und damals gab es nicht nur echte Kerle, sondern auch noch echten Schnee und echten Frost und wirklich zugefrorene Seen mit echt spiegelglatten Eisdecken. Und der Männergesangverein sang ständig so schön „Leise rieselt der Schnee“, und alles war prima. Friede, Freude, Eierkuchen. Nicht so wie heute, wo es ständig nur grau und düster und matschig rund um Weihnachten ist, wo die sogenannten Männer Windeln wechseln und die Frauen arbeiten gehen wollen. Früher war eben alles besser, heißt es dann. Und dass es keine richtigen Winter mehr gibt, daran sind die Frauen schuld. Denn nur ihretwegen wechseln die Männer Windeln und sind deshalb keine echten Kerle mehr. Und wenn es keine echten Kerle mehr gibt, dann kann es auch keine echten Winter mehr geben. Oder so ähnlich.

Alles Quatsch. Wir sollten entweder akzeptieren, dass es Weihnachten graugrün ist oder die Sachen packen und tausend Meilen weiter in den Norden ziehen. Und wir sollten aufhören, die weißen Weihnachten ständig zu glorifizieren. Das frustriert nur. Stattdessen sollten wir singen, meinetwegen auch im Männerchor: „I'm dreaming of a muddy Christmas“. Oder: „Leise nieselt's im Klee“ oder so. Ist doch auch ganz schön. Besser als ständig von damals zu erzählen, als alles besser war.

II.

So wie der Förster. Jedes Mal, wenn wir am vierten Advent im knöcheltiefen Matsch im Wald stehen, um unseren Tannenbaum zu holen, lallt der vom vielen Adventspunsch schon volltrunkene Förster uns altväterlich ins Ohr: „Damals, ja damals gab es...“, aber wir haben es eilig, bezahlen unseren Baum, stürzen den Punsch hinunter und suchen das Weite. Dabei ist das gar kein Förster, sondern ein Tannenbaumverkaufsgehilfe in dunkelgrüner Lodenkleidung. Aber das nur nebenbei. Wir hoffen, dass wir mit unserem Auto nicht im Morast des zum Parkplatz umfunktionierten Maisackers stecken bleiben und freuen uns über die bühnenreife Vorstellung des alljährlichen Ehestreits unserer Freunde, welcher Tannenbaum denn nun der richtige sei.

Seit Jahren fahren wir am Vierten Advent gemeinsam mit zwei anderen jungen Familien zur nahegelegenen Tannenbaumplantage, um unseren Baum zünftig selbst zu schlagen, zu sägen oder herauszureißen. Und der dazugehörige Ehestreit eines der befreundeten Paare hat schon Tradition. So stehen wir zwischen den Bäumen, haben uns ganz schnell einen ausgeguckt – die Liebste und ich sind da immer ganz ein Herz und eine Seele – und warten dann auf den Beginn der Vorstellung, die wir mit Szenenapplaus und Buhrufen begleiten. Anfangs durchstreift dieses Paar noch ganz gesittet mit Kindern im Arm oder an der Hand und dem Hund an der Leine die idyllische Monokultur. Gemeinsam ziehen beide einige Bäume in die nähere Auswahl, welche mit kleinen Bändchen markiert werden. Diese Bäume werden dann einer zweiten, intensiveren Betrachtung unterzogen. Einer meiner noch unerfüllten Träume ist es, einmal hinterdreinzulaufen und die Markierungsbändchen an andere, besonders hässliche Bäume zu heften. Aber das mit dem Streit klappt auch so, denn plötzlich ist ihr der eine Baum zu dunkelgrün, der andere zu groß und der dritte zu schief. Was er allerdings meist nicht nachvollziehen kann. So stehen sie laut argumentierend an den Bäumen, und ganze Hundertschaften kichernden Publikums verstecken sich im Wald. Dann nimmt er einfach eine Säge und fällt einen Baum, den sie aber nicht will, und die Kinder der beiden stehen inzwischen irgendwo im Wald und heulen vor sich hin, während der Hund derweil kleinere Hunde anderer Adventsfamilien zu Hundemus verarbeitet. Leise gegen derlei Übel protestierende Hundeherrchen kassieren höchstens ein „Sei froh, dein Köter war eh' hässlich!" Und er, der Polizist ist, zeigt seine Dienstplakette und sagt, sein Hund sei Drogenfahnder im Einsatz. „Und Ihr Waldi wird offenbar als Drogenkurier missbraucht. Hasso stellt gerade den Stoff sicher."

Stunden später steht er meist noch auf dem Maismorastparkplatz und versucht, anderen Familienvätern seine fünf bis zehn fälschlicherweise gefällten Bäume anzudrehen, während sie sich an ihren Baumliebling gekettet hat und ein Transparent mit der Aufschrift „Diesen hier, oder Scheidung!" hochhält. Und wir haben wieder unseren Spaß gehabt, wenn der Tannenbaumverkaufsgehilfenförster uns ein „damals" in Ohr und Nase lallt, und wieder einmal stelle ich mir vor, dass der das ganze Jahr dort steht und seine Monologe von früher hält und nach jedem zweiten Wort aufstoßen muss, und ich nehme mir vor, hier im Juni mal herzufahren und nachzusehen.

Und nebenbei sei bemerkt, dass es sich bei diesem Text um Fiktion handelt und dass Ähnlichkeiten zu tatsächlich existierenden Personen und Hunden rein zufällig sind, aber einen ausgeben muss ich wohl trotzdem.

III.

Damals, als ich ein Kind war, so fängt jetzt also der wirklich nostalgische Teil dieser Geschichte an. Damals also, als ich ein Kind war, damals gab es noch keine Tannenbaumplantagen. Jedenfalls wusste ich nichts davon. Mein Vater und ich sind irgendwann mit unserem Frontladerfendt losgefahren, um „den Herrschaften vom Gut mal einen schönen Baum zu klauen", wie mein Vater sich ausdrückte. Dick eingemummelt in unsere Bundeswehrparkas (nur echt mit der Deutschlandflagge auf den Ärmeln – welche Schande, damit bin ich herumgerannt, sogar ganz stolz!), bewaffnet mit der Bügelsäge, und natürlich lag Schnee ohne Ende, so dass wir, im Mischwald angekommen, zunächst einmal den Schnee von den Tannen und Fichten schütteln mussten, um die Bäume zu beurteilen. Dann suchten wir lange im Wald herum, und ich hatte Angst, der Gutsherr oder sein Förster oder sein späterer Tannenbaumverkaufsgehilfenlodenträger würde uns entdecken, als Wilderer stellen und standrechtlich erschießen. Oder uns für Wildschweine halten und zur Strecke bringen, Waidmannsheil!

Schließlich fanden wir einen Baum, sieben Meter hoch, und ich stellte mir vor, wie wir diesen Baum quer, auf mehreren Böcken lagernd, durch Alltags- und gute Stube hindurch liegend als waagerechten Weihnachtsbaum schmücken würden, was ich doch einigermaßen interessant und geradezu avantgardistisch fand, obwohl ich dieses Wort noch nicht kannte, aber da hatten wir den Baum schon abgesägt und mein Vater sagte: „Gut, die unteren fünf Meter sind Brennholz, aber die oberen zwei Meter sehen doch gut aus, oder?“ Und wir sägten den Baum klein, legten alles auf die Frontladerforke und fuhren heim, ohne das Jagdhorn des Tannenbaumverkaufsgehilfenlodenträgerjagdhornbläsers gehört zu haben. Als wir auf unseren Hof fuhren, freute ich mich, lebend angekommen zu sein und fragte mich, ob das Recht der ersten Nacht des Gutsherrn auch für die männlichen Leibeigenen gegolten hat, da sagte mir mein Vater ganz nebenbei, dass er diesen natürlich um Erlaubnis gefragt habe. Dabei war ich mir so richtig verwegen und rebellisch vorgekommen, damals im weißen Winterwald.

IV.

Schon zu Weihnachten war aber der Schnee natürlich wieder weggetaut, und in grauem Schneematsch fanden die Feiertage statt. Graue Weihnacht also, oder grüne meinetwegen.

Nur mit einem einzigen Weihnachtsfest verbinde ich weiße Erinnerungen, doch ich weiß, dass die Weihnachtstage auch hier noch grün waren. Es war der Winter 1978/79, und kurz nach Sylvester brach die sogenannte „Schneekatastrophe“ über Schleswig-Holstein herein. Weihnachtlich daran war, dass unsere Weihnachtsferien deswegen um eine satte Woche verlängert wurden und dass bei meinen Großeltern am fünften Januar noch der Weihnachtsbaum in der Stube stand.

Damals, ja damals war alles besser. Und außerdem hatten wir einen Hund. Einen Collie. Ich war ein großer Fan von Lassie, was für ein wunderbarer Hund, der alles verstand, ständig hübsche Mädchen rettete und seinem Herrchen in die Arme spielte. So einen Hund wollte ich auch, und ich hatte gequengelt und gequengelt, bis ich einen bekam. Er hieß Semm. Den Namen hatte er schon vorher; eigentlich war das wohl der Name „Sam“, aber meine Eltern konnten kein Englisch, und Semm passte auch besser, denn das kommt von Semmel. Und Semm war tatsächlich dumm wie ein Stück Brot. Statt Mädchen zu retten und mir zu bringen, was seine ihm zugedachte Aufgabe war, musste er angekettet werden, nicht etwa, weil er sonst weglief, sondern weil er sich, kaum hatte er den Hof verlassen, hoffnungslos verirrte und nicht mehr heimfand. Kaum hatte er sein Revier gekennzeichnet, schon wusste er nicht mehr, wo er war. Außerdem versuchte er immer, dem Postauto und dem Milchwagen während der Fahrt in die Reifen zu beißen, und da wir gerne einen lebendigen Hund und keinen Hundematsch wollten, musste er an der Kette bleiben. So musste ich also immer mit ihm Gassi gehen, und in diesem Schneekatastrophenwinter stellte ich fest, dass er tatsächlich zu etwas zu gebrauchen war: Er konnte wunderbare gelbe Löcher in den Schnee pinkeln, mit deren Hilfe ich den Weg zurück finden konnte. Wenn man so will, war ich Gretel und Semm Hänsel.

In den Tagen der Schneekatastrophe brach die gesamte Ver- und Entsorgung zusammen, und mein Vater war froh, dass unser Hof direkt an der Autobahn lag. Damals war die Meierei im Nachbarort noch in Gang, und da der Milchwagen nicht fuhr – Glück für Semm – füllte er unsere Milch in alle verfügbaren Kannen, stellte sie auf den Hänger, öffnete die Zäune zur Autobahn und fuhr mit Trecker und Hänger auf der Autobahn zur Meierei, und zwar auf der falschen Seite. So wurden wir wenigstens unsere Milch los, denn die Autobahn war zwar nicht geräumt, aber weil sie so breit ist, hatte der Wind den Schnee immer schön an die Böschung geweht. Eine Spur war frei geblieben, und die hatte mein Vater genutzt. Noch heute stelle ich mir vor, wie im Verkehrsfunk die Meldung kam: „Achtung, Achtung! Auf der A 21 in Höhe Stolpe kommt Ihnen auf Ihrer Fahrbahn ein Trecker mit Anhänger entgegen! Fahren Sie ganz rechts und überholen Sie nicht!", aber das ist Quatsch, denn zu diesem Zeitpunkt fuhren keine Autos.

Und als das Wetter wieder besser war, die Nebenstraßen aber noch nicht geräumt werden konnten, da wurde ich beauftragt, zu Fuß einen Korb mit Lebensmitteln zu meinen Großeltern zu bringen, die zwei Kilometer weg an einem Feldweg in einer Kate wohnten. Damals, ja damals war ich noch leicht und gewandt. Außerdem hatte ich riesenhafte Plattfüße, so dass ich auch ohne Schneeschuhe auf der verharschten Schneedecke entlanggehen konnte ohne einzubrechen. Das hatten wir in langen Testreihen rund um unser Haus festgestellt, so dass meine Eltern auch keine Bedenken hatten mich loszuschicken. Also bekam ich meinen Bundeswehrparka an und ein rotes Käppchen auf, und dann ging es los in Richtung Oma und Opa. Zum Schutz vor dem bösen Wolf kam Semm mit, aber ich weiß nicht, wie er mit im Falle eines Falles hätte helfen sollen. Na ja, der Wolf hätte sich angesichts seiner Blödheit vielleicht totgelacht, und wäre ich im Schnee steckengeblieben, dann hätte Semm mir ein großes gelbes Loch freipieschen können.

Wie dem auch sei, wir zogen also bei Sonnenschein und hohem Schnee los in Richtung Oma und Opa, und die beiden freuten sich sehr uns zu sehen. Meine Oma war eine kleine, runde Frau mit krummen Beinen und noch krummeren Fingern, die ein rundes Gesicht mit unzähligen kleinen Falten hatte, wie ein eingelagerter Apfel so ungefähr Ende Februar. Jahre später meinte einer meiner Freunde, sie sähe aus wie E. T., aber diesen Vergleich fand ich unpassend und haute ihm eine rein.

Mein Opa war ein großer, schlanker Mann, der seit einem Unfall beim Sensendengeln nur noch ein gesundes Auge hatte, das andere war trübe und schielte immer weit weg, so dass man manchmal nicht wusste, guckt er mich jetzt an oder nicht, aber er sah alles, damals jedenfalls noch. Damals war er auch noch klar im Kopf und versorgte, obwohl schon Mitte siebzig, noch an die hundert Schweine in einem alten Stall neben der Kate. Deshalb roch er immer ein bisschen nach Schwein. Er hatte große, weiche Hände, und noch auf seinem Sterbebett, als er mich gelegentlich mit „Hallo, große alte Frau!" begrüßte, spielte ich mit ihm das Schnapp-Spiel, wie jedes Mal, wenn wir uns sahen. Er hielt die Augen geschlossen, und ich versuchte, seine Handinnenflächen zu kitzeln, ohne von seiner zuschnappenden Faust erwischt zu werden.

Das Haus meiner Großeltern war warm und gemütlich. Die Kachelöfen bollerten, und meine Großeltern tranken gerade Kaffee, als ich kam. Und für mich machte meine Oma Zuckerei. Sie machte das beste Zuckerei der Welt. Zwei Eigelb in die Tasse, ordentlich Zucker dazu, und dann schlug sie, die Tasse zwischen die Knie geklemmt, mit einem kleinen Löffel in ihren gichtigen Fingern eine solch köstliche Klebemasse, dass ich mich hätte reinsetzen mögen.

Später spielten wir Mau-Mau. Dann fing es wieder an zu schneien, und Opa rief bei meinen Eltern an, dass ich nicht nach Hause kommen würde. Meine Oma richtete das Sofa für mich her, während Opa und ich Schweine fütterten und für Semm im Stall eine Klappe Stroh verteilten.

Abends gab es heißen Tee, und die Uhr auf dem Schrank tickte schwer und schlug alle halbe Stunde, während wir die Kerzen am Weihnachtsbaum angezündet hatten und nun, mitten im Januar, endlich weiße Weihnacht feiern konnten. Wir sangen all die Weihnachtslieder, die meine Oma von der ersten bis zur letzten Strophe auswendig kannte, und das waren nicht nur zehn. Und später, als ich auf der Ritze zwischen meinen Großeltern lag, weil es dort viel gemütlicher war als auf dem ollen Sofa, als die Öfen aus waren und der Frost wunderbare Eisblumen auf die einfach verglasten Scheiben zu malen begann, da wusste ich, dass dieser Tag im Januar später einmal als das weißeste Weihnachtsfest meines Lebens in die Geschichte eingehen würde. Und mit einem glücklichen Lächeln auf den Lippen schlief ich ein. So zumindest stelle ich es mir heute vor. So muss es gewesen sein. Und so war es.

Glossar

Angler:	Eigentlich Angeliter. Milchbetonte, einfarbig rotbraune Rinderrasse aus der Landschaft Angeln im nördlichen Schleswig-Holstein.
Borg:	Ein kastriertes männliches Schwein. Hat nichts mit dem schwedischen Tennisspieler zu tun.
Claas:	Westfälischer Hersteller von Erntemaschinen.
Deutz-Fahr:	Deutscher Landmaschinenhersteller.
Drillkarre:	Landwirtschaftliches Gerät zum Anbau an den Trecker, wird zur Aussaat verwandt.
Fendt:	Exklusive deutsche Schleppermarke. Fährt sich gut, hält lange, macht was her, hat aber auch ihren Preis.

Grüppenfräse: Grüppen sind schmale, flache Entwässerungsgräben innerhalb feuchter Grünlandflächen. Sie werden mittels sogenannter Grüppenfräsen erstellt.

Güllesylvester: Die Düngeverordnung verbietet die Ausbringung von Gülle zwischen dem 30. September (auf unbewachsenen Flächen) bzw. dem 15. November (auf bewachsenen Flächen) und dem 15. Januar. Güllesylvester ist demnach der 14. November – also der letzte Tag des Jahres, an dem Gülle gefahren werden darf. Gülleneujahr – also der erste Tag des Jahres, an welchem Gülle gefahren werden darf – ist der 16. Januar, aber nur, wenn der Boden nicht wassergesättigt, tiefgefroren oder schneebedeckt ist.

Heukehrer oder Kreiselheuer: Landwirtschaftliches Gerät zum Anbau an den Trecker, wendet und lockert das zur Trocknung auf dem Feld liegende gemähte Gras.

Jersey: Eine milchbetonte, einfarbig hellbraune, kleine Rinderrasse, die vor allem auf den britischen Inseln und in Dänemark gehalten wird.

Knick: Mit Bäumen und Sträuchern bewachsene Erdwälle, die meist landwirtschaftliche Flächen begrenzen. Landschaftsprägend in Schleswig-Holstein.

Krüsch: Regional bekannter plattdeutsche Begriff für „beim Essen allzu wählerisch sein".

Milchaustauscher: Sammelbegriff für wasserlösliche Kälberaufzuchtfuttermittel, meist aus Magermilchpulver und anderen tierischen und pflanzlichen Inhaltsstoffen. Im Ökolandbau nicht zugelassen, dort muss Vollmilch verfüttert werden.

Milchquote: Jeder Milchbauer hat eine sogenannte Milchquote. Sie definiert die zulässige Höchstmenge an Milch, die der Bauer innerhalb eines Jahres an die Meierei abliefern darf. Erzeugt der Bauer mehr Milch, kann er sie nur unter erheblichen Preisabschlägen an die Meierei verkaufen.

Monsanto: Großer amerikanischer Agrarchemiekonzern, der weltweit nicht nur Pestizide, sondern auch gentechnisch verändertes Saatgut verkaufen will.

Nüker: Kränkelndes, entwicklungsverzögertes Nutztier, vor allem Kälber oder Ferkel.

Plocher: Hersteller u.a. von Güllebehandlungsmitteln, deren Wirksamkeit umstritten ist.

Quote: siehe Milchquote.

Schott: Ein mechanisch oder hydraulisch zu betätigendes Absperrblech, vor allem an Güllewagen, Güllepumpen, Gülleleitungen.

Schwader: Landwirtschaftliches Gerät zum Anbau an den Trecker. Legt das Erntegut (Heu, Silage) in einer langen „Wurst“ (Schwade) auf dem Feld ab.

Sensendengeln: Norddt. Begriff für „eine Sense schärfen“.

Silo, Silage: Unter Luftabschluss milchsauer vergorenes Raufutter, aus Gras,Kleegras oder Mais.

Silozange: Landwirtschaftliches Gerät zum Anbau an den Trecker, wird zur Entnahme von Raufutter aus dem Silohaufen verwandt.

Spankalb: Abwandlung des Begriffs „Spanferkel“, ein im Ganzen zubereitetes halbwüchsiges Schwein, welches auf einer großen Platte serviert wird und im Bereich der Augen meist mit Ananas und Kirschen dekoriert ist.

Starke: In Norddeutschland gebräuchlicher Begriff für weibliche Jungrinder, die zum ersten Mal trächtig sind. Kurz vor der ersten Kalbung nennt man Starken Kalbstarken.

Stillllegung: Eigentlich „Flächenstillllegung". Von der EU eingeführtes Instrument zur Reduzierung der Getreideüberschüsse. Bauern erhalten eine Prämienzahlung dafür, daß sie einen jährlich neu festgelegten Anteil ihrer Ackerfläche brach liegen lassen und nicht nutzen.

Streubild: Der optische Eindruck einer im Idealfalle möglichst gleichmäßigen Verteilung vor allem organischer Dünger wie z. B. Mist, Jauche und Gülle. Überlappungen und Fehlstellen sorgen für ein ungleichmäßiges Streubild.

Top Agrar, Hof Direkt, Profi: Landwirtschaftliche Fachzeitungen.

Totbleiber: Ein Nüker, der es nicht geschafft hat.

Totalherbizid: Gruppe chemischer „Pflanzenschutzmittel“, die alle lebenden Pflanzen abtöten. Einsatz z. B. zur Abtötung einer Grasnarbe vor Neuaussaat oder zum sogenannten „Totspritzen“ vor der Ernte eines verunkrauteten Getreidefeldes zur besseren Beerntbarkeit.

Unterlenker: Viele Geräte zum Anbau an den Schlepper werden mittels des sogenannten Dreipunktsystems am Schlepper befestigt. Das Dreipunktsystem besteht aus zwei links und rechts gelegenen Unterlenkern und einem mittig gelegenen Oberlenker.

Zapfwelle: Mit Gelenken versehene Welle, die für die Kraftübertragung vom Schlepper auf landwirtschaftliche Anbaugeräte eingesetzt wird.

ABL Bauernblatt Verlags GmbH
Bahnhofstraße 31
59065 Hamm
Telefon 02381/492288
Fax 02381/492221
email: verlag@bauernstimme.de
Internet: www.bauernstimme.de

Satzherstellung: Heinz Overhaus, Bielefeld
Umschlaggestaltung: vizaviz WERBUNG GmbH Gütersloh
Druck: Druck Thiebes GmbH, Hagen

Edition Bauernstimme
ISBN: 978-3-930 413-23-2
Hamm, Dezember 2003
15. Auflage Juli 2009 19001-21000

Ähnlichkeiten mit lebenden oder
verstorbenen Personen wären rein zufällig.
Der Autor